漱石と「學鐙」

小山慶太 編著

夏目金之助
森田草平
木下順二
半藤一利
村上陽一郎 他著

丸善出版

まえがき

漱石と丸善とのつながりには、二つの接点が見られる。ひとつは洋書の購読者としての漱石、そしてもうひとつは「學鐙」など丸善の刊行物への執筆者としての漱石である。

『吾輩は猫である』の一節に、猫の飼主の苦沙弥先生が丸善で多量に本を買うため、月々の支払いに困ったと妻がぼやく場面があるが、それは他ならぬ英文学者であり作家でもあった漱石の実像そのものといえる。また、漱石門下の一人、寺田寅彦にも洋書を求めて丸善に足繁く出向いた記録が残されている。明治の知識人にとって、丸善は西洋文化の入口だった様子がこうした情景からもうかがえる。

そして、漱石は「學鐙」の編集に尽力した内田魯庵との交友を通し、同誌に「カーライル博物館」、「カーライル博物館所蔵カーライル遺書目録」を寄稿している。『漱石全集』（岩波書店）には漱石が魯庵に送った二二通の手紙が収録されており、互いに著書を送り合う緊密な交流が漱石の亡くなる大正五（一九一六）年までつづいていたことが読み取れる。

加えて、漱石は明治四五（一九一二）年に丸善から刊行された『萬年筆の印象と図解カタログ』

にも「余と萬年筆」と題する一文を書いているので、併せて「付録」として本書の巻末に載せておいた。ここでも漱石と魯庵とのやり取りが綴られている。

このように、漱石と丸善は浅からぬ縁があったわけであるが、その縁は漱石没後一〇〇年の時間の流れの中で色あせることなく、「學鐙」を通じ、ジャンルも時代も超えた多彩な執筆者によって受け継がれている。本書に収めた二五編の漱石論と漱石自身の「カーライル博物館」は、まさにその結晶である。

日本近代文学の歴史で〝文豪〟と称される作家は多くを数えようが、断トツの存在感を誇るのはなんといっても漱石であろう。本書のアンソロジーが、そうした漱石の作家としてのそして人間としての魅力を二一世紀に伝える一助となればと願っている。

漱石生誕一五〇年を迎える二〇一七年一月

小山慶太

目次

カーライル博物館

夏目金之助

公園の片隅に通り掛の人を相手に演説をして居る者がある。向ふから來た釜形の尖つた帽子を被《か》づいて古ぼけた外套を猫脊に着た爺さんがそこへ歩みを佇《とど》めて演説者を見る。演説者はぴたりと演説をやめてつか〳〵と此村夫子のたゞずめる前に出て來る。二人の視線がひたと行き當る。演説者は濁りたる田舍調子にて御前はカーライルぢやないかと問ふ。如何にもわしはカーライルぢやと村夫子が答へる。チエルシーの哲人《セージ》と人が言囃すのは御前の事かと問ふ。成程世間ではわしの事をチエルシーの哲人《セージ》と云ふ樣ぢや。セージと云ふは鳥の名だに、人間のセージとは珍らしいなと演説者はから〳〵と笑ふ。村夫子は成程猫も杓子も同じ人間ぢやのに殊更に哲人抔と異名をつけるのは、あれは鳥ぢやと渾名すると同じ樣なものだのう。人間は矢張り當り前の人間で善かりさうなものだのに。と答へて是もから〳〵と笑ふ。

余は晩餐前に公園を散歩する度に川緣の椅子に腰を卸して向側を眺める。倫敦に固有なる濃霧は殊に岸邊に多い。余が櫻の杖に頤を支へて眞正面を見て居ると遙かに對岸の往來を這ひ廻る霧の影は次第に濃くなつて五階立の町續きの下から漸々此搖曳《たなび》くものゝ裏《うち》に薄れ去つて來る。仕舞には遠き未來の世を眼前に引き出したる様に窈然たる空の中に取り留のつかぬ鳶色の影が殘る。其時此鳶色の奥にぽたり／＼と鈍き光りが滴る様に見え初める。三層四層五層共に瓦斯を點じたのである。余は櫻の杖をついて下宿の方へ歸る。歸る時必ずカーライルと演説使ひの話しを思ひだす。彼の溟《めい》濛《もう》たる瓦斯の霧に混ずる所が往時此村夫子の住んで居つたチエルシーなのである。

　カーライルは居らぬ。演説者も死んだであらう。然しチエルシーは以前の如く存在して居る。否彼の多年住み古した家屋敷さへ今猶儼然と保存せられてある。千七百八年チエイン、ロウが出來てより以來幾多の主人を迎へ幾多の主人を送つたかは知らぬが兎に角今日迄昔の儘で殘つて居る。カーライルの没後は有志家の發起で彼の生前使用したる器物調度圖書典籍を蒐めて之を各室に按排し好事のものには何時でも縱覽せしむる便宜さへ謀られた。

　文學者でチエルシーに縁故のあるものを擧げると昔しはトマス、モア、下つてスモレット、猶下つてカーライルと同時代にはリ、ハント抔尤も著名である。ハントの家はカーライルの直近傍で、現にカーライルが此家に引き移つた晩尋ねて來たといふ事がカーライルの記録に書いてある。又ハントがカーライルの細君にシェレーの塑像を贈つたといふ事も知れて居る。此外にエリオットの居つた家とロセツチの住んだ邸がすぐ傍の川端に向いた通りにある。然し是等は皆既に代がかはつて現に人が這入つて居るから見物は出來ぬ。只カーライルの奮盧《きゆうろ》のみは六ペンスを拂へば何人でも又何時でも随意に觀覽が出來る。

　チエイン、ローは河岸端の往來を南に折れる小路でカーライルの家は其右側の中頃に在る。番地は二十四番地だ。

毎日の様に川を隔てゝ霧の中にチエルシーを眺めた余はある朝遂に橋を渡つて其有名なる庵りを叩いた。

庵りといふと物寂びた感じがある。少なくとも瀟洒とか風流といふ念と伴ふ。然しカーライルの庵はそんな脂《やに》つこい華奢なものではない。往來から直ちに戸が敲ける程の道傍に建てられた四階作の眞四角な家である。

出張つた所も引き込んだ所もないのべつに眞直に立つて居る。丸で大製造場の烟突の根本を切つてきて之に天井を張つて窓をつけた様に見える。

是が彼が北の田舎から始めて倫敦へ出て來て探しに探し抜いて漸々の事で探し宛てた家である。彼は西を探し南を探しハンプステッドの北迄探して終に恰好の家を探し出す事が出來ず、最後にチエイン、ローへ來て此家を見てもまだすぐに取極める程の勇氣がなかつたのである。四千萬の愚物と天下を罵つた彼も住家には閉口したと見えて、其愚物の中に當然勘定せらるべき妻君へ向けて委細を報知して其意向を確めた。細君の答に「御申越の借家は二軒共不都合もなき様被存《ぞんぜられ》候へば私倫敦へ上り候迄双方共御明け置願度若し又それ迄に取極め候必要相生じ候節は御一存にて如何とも御取計らひ被下《くだされ》度候」とあつた。カーライルは書物の上でこそ自分獨りわかつた様な事をいふが、家を極めるには細君の助けに依らなくては駄目と覺悟をしたものと見えて、夫人の上京する迄手を束《つか》ねて待つて居た。四五日すると夫人が來る。そこで今度は二人して又東西南北を馳け廻つた揚句の果矢張チエイン、ローが善いといふ事になつた。兩人がこゝに引き越したのは千八百三十四年の六月十日で、引越の途中に下女の持つて居たカナリヤが籠の中て囀つたといふ事迄知れて居る。夫人が此家を撰んだのは大に氣に入つたものか外に相當なのがなくて已を得なんだのか、いづれにもせよ此烟突の如く四角な家は年に三百五十圓の家賃を以て此新世帶の夫婦を迎へたのである。カーライルは此クロムエルの如きフレデリック大王の如き又製造場の烟突の如き家の中でクロムエルを著はしフレデリック大王を著はしヂスレリーの周旋にかゝる年給を擯《しりぞ》けて四角四面に暮したのである。

余は今此四角な家の石階の上に立つて鬼の面のノッカーをコツ〳〵と敲く。暫くすると内から五十恰好の肥つた婆さんが出て來て御這入りと云ふ。最初から見物人と思つて居るらしい。婆さんはやがて名簿の樣なものを出して御名前をといふ。余は倫敦滯留中四たび此家に入り四たび此名簿に余が名を記錄した覺えがある。此時は實に余の名の記入初であつた。可成《なるべく》叮嚀に書く積りであつたが、例に因つて甚だ見苦しい字が出來上つた。前の方を繰りひろげて見ると日本人の姓名は一人もない。して見ると日本人でこゝへ來たのは余が始めてだなと下らぬ事が嬉しく感ぜられる。婆さんがこちらへと云ふから左手の戸をあけて町に向いた部屋に這入る。是は昔し客間であつたさうだ。色々なものが並べてある。壁に畫やら寫眞やらがある。大概はカーライル夫婦の肖像の樣だ。後ろの部屋にカーライルの意匠に成つたといふ書棚がある。夫に書物が澤山詰つて居る。六づかしい本がある、下らぬ本がある、古びた本がある、讀めさうもない本がある、其外にカーライルの八十の誕生日の記念の爲めに鑄《い》たといふ銀牌と銅牌がある。金牌は一つもなかつた様だ。凡ての牌と名のつくものが無暗にかち〳〵して何時迄も平氣に殘つて居るのを、もらうた者の烟の如き壽命と對照して考へると妙な感じがする。夫から二階へ上る。こゝに又大きな本棚が有つて本が例の如く一杯詰つて居る。矢張讀めさうもない本、聞いた事のなさゝうな本、入りさうもない本が多い。勘定をしたら百三十五部あつた。此部屋も一時は客間になつて居つたさうだ。ビスマークがカーライルに送つた手紙と普魯西の勳章がある。フレデリック大王傳の御蔭と見える。細君の用いた寐臺がある。頗る不器用な飾り氣のないものである。

　案内者はいづれの國でも同じものと見える。先つきから婆さんは室内の繪畫器具に就て一々說明を與へる。五十年間案内者を專門に修業したものでもあるまいが非常に熟練したものである。何年何月何日にどうしたかうしたと恰も口から出任せに喋舌つて居る様である。然も其流暢な辯舌に抑揚があり節奏がある。調子が面白いから其方ばかり聽いて居ると何を言つて居るのか分らなくなる。始めのうちは聞き返したり問い返したりして見たが仕舞には面倒になつたから御前は御前で勝手に口上を述べなさい、わしはわしで自由に見物するからといふ態度をとつた。婆さんは人が聞かうが聞くまいが口上丈は必ず述べますといふ風で別段厭きた景色もなく怠る様子もなく何年何月何日をやつて居る。

　余は東側の窓から首を出して一寸近所を見渡した。眼の下に十坪程の庭がある。右も左も又向ふも石の高塀で仕切られて其形は矢張り四角である。四角はどこ迄も此家の附屬物かと思ふ。カーライルの顔は決して四角ではなかつた。彼は寧ろ懸崖の中途が陥落して草原の上に伏しかゝつた様な容貌であつた。細君は上出來のらつ薑《きよう》の様に見受けらるゝ。今余の案内をして居る婆さんはあんばんの如く丸るい。余が婆さんの顔を見て成程丸いなと思ふとき婆さんは又何年何月何日を誦し出した。余が再び窓から首を出す。

カーライル云ふ。裏の窓より見渡せば見ゆるものは茂る葉の木株、碧りなる野原、及びその間に點綴《てんてつ》する勾配の急なる赤き屋根のみ。西風の吹く此頃の眺めはいと晴れやかに心地よし。

余は茂る葉を見様と思ひ青き野を眺め様と思ふて實は裏の窓から首を出したのである。首は既に二返許り出したが青いものも何にも見えぬ。右に家が見える、左りに家が見える、向にも家が見える。其上には鉛色の空が一面に胃病やみの様に不精無精に垂れかゝつて居るのみである。余は首を縮めて窓より中へ引き込めた。案内者はまだ何年何月何日の續きを朗らかに讀誦して居る。

カーライル又云ふ倫敦の方を見れば眼に入るものはエストミンスター、アベーとセント、ポールスの高塔の頂きのみ。其他幻の如き殿宇は煤を含む雲の影の去るに任せて隱見す。

「倫敦の方」とは既に時代後れの語である。今日チエルシーに來て倫敦の方を見るのは大家の中に座つて家の方を見ると同じ理窟で自分の眼で自分の見當を眺めると云ふのと大した差違はない。然《しかし》カーライルは自ら倫敦に住んで居るとは思はなかつたのである。彼は田舍に閑居して都の中央にある大伽藍を遙かに眺めた積りであつた。余は三度び首を出した。そして彼の所謂「倫敦の方」へと視線を延ばした。然しエストミンスターも見えぬ。セント、ポールスも見えぬ。數萬の家數十萬の人數百萬の物音は余と堂宇との間に立ちつゝある、漾《ただよ》ひつゝある動きつゝある。千八百三十四年のチエルシーと今日のチエルシーとは丸で別物である。余は四度び首を引き込めた。婆さんは默然として余の背後に佇立して居る。

三階に上る。部屋の隅を見ると冷やかにカーライルの寢臺が横《よこた》はつて居る。青き戸帳が物靜かに垂れて空しき臥床《ふしど》の裡は寂然として薄暗い。木は何の木か知らぬが細工は只無器用で素朴であるといふ外に何等の特色もない。其上に身を横へた人の身の上も思ひ合はさるゝ。傍らには彼が平生使用した風呂桶が九鼎《きゆうてい》の如く尊げに置かれてある。風呂桶とはいふものゝバケツの大きいものに過ぎぬ。彼が此大鍋の中で倫敦の煤を洗ひ落したかと思ふと益《ますます》其人となりが忍ばるゝ。不圖首を上げると壁の上に彼が往生した時に取つたといふ漆喰製の面型《マスク》がある。此顏だなと思ふ。此炬燵櫓位の高さの風呂に入つて此質素な寢臺の上に寢て四十年間八釜敷い小言を吐き續けに吐いた顏は是だなと思ふ。婆さんの淀みなき口上が電話口で横濱の人の挨拶を聞く樣に聞える。

宜しければ上りませうと婆さんがいふ。余は既に倫敦の塵と音を遙かの下界に殘して五重の塔の天邊に獨坐する樣な氣分がして居るのに耳の元で「上りませう」といふ催促を受けたからまだ上があるのかなと不思議に思つた。さあ上らうと同意する。上れば上る程怪しい心持が起りさうであるから。

四階へ來た時は縹緲として何事とも知らず嬉しかつた。嬉しいといふよりはどことなく妙であつた。こゝは屋根裏である。天井を見ると左右は低く中央が高く馬の鬣《たてがみ》の如き形ちをして其一番高い脊筋を通して硝子張りの明り取りが着いて居る。此アチック（屋根裏部屋）（學鐙編集室追記）に洩れて來る光線は皆頭の上から眞直に這入る。さうして其頭の上は硝子一枚を隔て丶全世界に通ずる大空である。眼に遮るものは微塵もない。カーライルは自分の經營で此室を作つた。作つて此を書齋とした。書齋としてこゝに立籠つた。立籠つて見て始めてわが計畫の非なる事を悟つた。夏は暑くて居りにくゝ冬は寒くて居りにくい。案内者は朗讀的にこゝ迄述べて余を顧りみた。眞丸な顏の底に笑の影が見える。余は無言の儘うなづく。

　カーライルは何の爲に此天に近き一室の經營に苦心したか。彼は彼の文章の示す如く電光的の人であつた。彼の癇癖は彼の身邊を圍繞《いによう》して無遠慮に起る音響を無心に聞き流して著作に耽るの餘裕を與へなかつたと見える。洋琴《ピアノ》の聲、犬の聲、鷄の聲、鸚鵡の聲、一切の聲は悉く彼の鋭敏なる神經を刺激して懊惱已む能はざらしめたる極遂に彼をして天に最も近く人に尤も遠ざかれる住居を此四階の天井裏に求めしめたのである。

　彼のエイトキン夫人に與へたる書翰にいふ「此夏中は開け放ちたる窓より聞ゆる物音に惱まされ候事一方ならず色々修繕も試み候へども寸毫も利目無之《ききめこれなく》夫より篤と熟考の末家の眞上に二十尺四方の部屋を建築致す事に取極め申候是は壁を二重に致し光線は天井より取り風通しは一種の工夫をもつて差支なき樣致す仕掛に候へば出來上り候上は假令《たとい》天下の鷄共一時に鬨の聲を揚げ候とも閉口仕らざる積に御座候」

　斯の如く豫期せられたる書齋は二千圓の費用にて先づ〳〵思ひ通りに落成を告げて豫期通りの功

果を奏したが之と同時に思ひ掛けなき障害が又も主人公の耳邊に起つた。成程洋琴の音もやみ、犬の聲もやみ、鷄の聲鸚鵡の聲も案の如く聞えなくなつたが下層に居るときは考だに及ばなかつた寺の鐘、氣車の笛偖《さて》は何とも知れず遠きより來る下界の聲が呪の如く彼を追ひかけて舊の如くに彼の神經を苦しめた。

聲。英國に於てカーライルを苦しめたる聲は獨逸に於てショペンハウアを苦しめたる聲である。ショペンハウア云ふ。「カントは活力論を著せり、余は反つて活力を弔ふ文を草せんとす。物を打つ音、物を敲く音、物の轉がる音は皆活力の濫用にして余は之が爲めに日々苦痛を受くればなり。音響を聞きて何等の感をも起さゞる多數の人我說をきかば笑ふべし。去れど世に理窟をも感ぜず思想をも感ぜず詩歌をも感ぜず美術をも感ぜざるものあらばそは正に此輩なる事を忘るゝ勿れ。彼等の頭腦の組織は麁獷《そこう》にして覺り鈍き事其源因たるは疑ふべからず」カーライルとショペンハウアとは實に十九世紀の好一對である。余が此の如く回想しつゝあつた時に例の婆さんがどうです下りませうかと促がす。

一層を下る每に下界に近づく樣な心持ちがする。冥想の皮が剝げるごとく感ぜらるゝ。楷段を降り切つて最下の欄干に倚つて通りを眺めた時には遂に依然たる一個の俗人となり了《おわ》つて仕舞つた。案内者は平氣な顏をして厨を御覽なさいといふ。厨は往來よりも下にある。今余が立ちつゝある所より又五六段の楷を下らねばならぬ。是は今案内をして居る婆さんの住居になつて居る。隅に大きな竈がある。婆さんは例の朗讀調を以て「千八百四十四年十月十二日有名なる詩人テニソンが初めてカーライルを訪問した時彼等兩人は此竈の前に對坐して互に烟草を燻らすのみにて二時間の間一言も交えなかつたのでありますといふ。天上に在つて音響を厭たる彼は地下に入つても沈默を愛したるものか。

最後に勝手口から庭に案内される。例の四角な平地を見廻して見ると木らしい木草らしい草は少しも見えぬ。婆さんの話しによると昔は櫻もあつた、葡萄もあつた。胡桃もあつたさうだ。カーライルの細君はある年二十五錢許りの胡桃を得たさうだ。婆さん云ふ「庭の東南の隅を去る五尺餘の地下にはカーライルの愛犬ニロが葬むられて居ります。ニロは千八百六十年二月一日に死にました。墓標も當時は存して居りましたが惜しいかな其後取拂はれました」と中々精しい。

カーライルが麥藁帽を阿彌陀に被つて寢巻姿の儘啣《くわ》へ烟管で逍遥したのは此庭園である。夏の最中には蔭深き敷石の上にさゝやかなる天幕を張り其下に机をさえ出して餘念もなく述作に從事したのも此庭園である。星明かなる夜最後の一ぷくをのみ終りたる後彼が空を仰いで「嗚呼余が最後に汝を見るの時は瞬刻の後ならん。全能の神が造れる無邊大の劇場、眼に入る無限、手に觸るゝ無限、是も亦我が眉目を掠めて去らん。而して余は遂にそを見るを得ざらん。わが力を致せるや虚ならず、知らんと欲するや切なり。而もわが知識は只此の如く微なり」と叫んだのも此庭園である。

余は婆さんの勞に酬ゆる爲めに婆さんの掌の上に一片の銀貨を載せた。難有うと云ふ聲さへも朗讀的であつた。一時間の後倫敦の塵と煤と車馬の音とテームス河とはカーライルの家を別世界の如く遠き方へと隔てた。

（一九〇五年一月号掲載）

漱石と讀書

小宮豐隆

明治三十九年七月三日、漱石が『猫』の大尾を書き出す直前、高濱虚子に與へた手紙の中に、

「……實は論文的のあたまを回復せんため此頃は小說をよみ始めました。スルと奇體なものにて十分に三十秒位づゝ何だか漫然と感興が湧いて參り候。只漫然と湧くのだからどうせまとまらない。然し十分に三十秒位だから澤山なものに候。此漫然たるものを一々引きのばして長いものに出來（マヽ）かす時日と根氣があれば日本一の大文豪に候。此うちにて物になるのは百に一つ位に候。草花の種でも千萬粒のうち一つ位が生育するものに候。然しとにかく妙な氣分になり候。小生は之を稱して人工的インスピレーションとなづけ候。小生如きものは天來ノインスピレーションは棚の御牡丹と同じ事で當にならないから人巧的ニインスピレーションを製造するのであります。近頃は器械で卵をかへすインキユベトーと云ふものがあります。文明の今日だから人爲的インスピレーションのあるのも尤もでせう。そこで此七月には何でも四篇ばかりかく積りです。前に云ふ漫然たる惠比壽ぎれの様なものは雲の如くあるが偖《さて》まとまつたものは一つもない。どれを纏めやうか、又どう纏めやう

か其邊は未だ自分でも考へて居ないのであります。……」といふ一節がある。

同じ年の十月の『新潮』に載つた、漱石の談話筆記には、「氣が乘らなければ書けぬといふ事は、事實に相違ない。……併し氣が乘るのを待つてゐなければ書けぬといふのは噓であらうと思ふ。言ひ換へると、自分が氣が乘らなければ、自ら氣が乘るやう仕向けるといふことが必要ではあるまいかと思ふ。いはゞ人工的インスピレーシヨンとでもいふものを作り出すやう力めなければなるまいと思ふ。……併し人工的インスピレーシヨンの出來《でか》し方はどうしたらよいかといふは問題である。……唯自分はどうしてインスピレーシヨンを作るかといふ事だけは語られる。自分はインスピレーシヨンなど〻いふ程の大袈裟なものでもないが、兎に角氣乘りのするやうに工夫する。つまり自分のやうに人から日を限られて賴まれたり、是非書いて貰ひたいなど〻言はれたりする時は、どうしても小說を作るやうに氣を向ける必要がある。さうしないと、今論文などを讀んで居るとすると、もう其論文が書いて見たくなつて、創作などは出來なくなる。そこで自分が小說を作らうと思ふ時は、何でも有り合せの小說を五枚なり十枚なり讀んで見る。十枚で氣が乘らなければ十五枚讀む。そしてこんどは其中に書いてあることに關聯して種々の暗示を得る。斯ういふことがあるが、自分ならば、これを斯うして見たいとか、これを敷衍して見たいとか、さま〲の思想が湧いてくる。それから暫くすると書いて見たくなる。それをだん〱重ねて行くと、だん〱興が乘つてくる。其興に浮されて堪へられなくなつた時、筆を執るとよいのであらうが、自分などはそれまで待つてゐた事はなく、よい加減な所で筆を執り出すのだ。」と書いてある。

自分が小説を書き出す前に、自分の創作的な氣分を刺激する爲に、手當り次第に小説を讀んで見るといふ、この習慣を、漱石はずつと後まで持ち續けた。それは漱石が、ガルスヲーシーの飜譯を贈られたのに對して、大正三年三月二十日、卽ち『心』を書き出す前に、大谷繞石《じようせき》に宛て、「私はまた小説を書かなければなりません書く前には氣分をそちらへ持つて行く必要があります夫には誰の小説でも讀んでゐるうちに自分も自然創作的氣分に侵されてくるやうになるのです、私はガルスヲーシーを讀む時さういふプラクチカルな考を懐いてゐました、さうして讀んで了つたら幾分か自分の目的が達せられたやうに思ひます偶然ながらあなたの御蔭です御禮を申上ます」と書いてゐるのに徴しても、明らかである。ただかういふ際に漱石は、その小説を讀んでゐるには相違ないが、もともと目的が、その小説を讀む事の上にあるのではなく、自分の氣分を創作的なものにし、その氣分の中で、自分の書かうとする事を纏めるといふ點にあるのだから、その小説に何が書いてあるのか、結局分からなくなつてしまふ場合が、可也多かつたのださうである。

——是は漱石の讀書の特殊な場合である。漱石の讀書一般からは、可也遠ざかつた話ではないかと、言ふ人があるかも知れない。然し此所には、漱石の讀書一般に於ける重要な相が、少くとも二つは、はつきり示されてゐるやうに、私には思はれる。その一つは漱石が、論文を讀んでゐると論文が書きたくなり、小説を讀んでゐると小説が書きたくなると、言つてゐる事である。その二つは漱石が、小説を讀んでゐながら、自分なら此所をかう書くとか、自分なら此所をもつと敷衍するとか、讀んでゐるものに添ふて、絶えず著者と「對話」してゐるといふ事である。もし不斷から漱石の讀書にかういふ傾向がなかつたとしたら、いくら漱石が創作的氣分になりたがつたからと言つて、さう急に注文通りに、事が運ばなかつたに違ひない。一般の場合と特殊な場合との相違は、讀書によつて醸し出される自分の氣分を、押さへるか放つかといふ事だけである。この事は例へば、『漱石全集』別冊の中の、漱石が藏書の餘白に書き入れた、諸種の評語を讀んで見れば、恐らく誰にでもすぐ首肯される事だらうと思ふ。

勿論多くの人は、自分の讀んだ本に、いろんな書き入れをする。從つて本に書き入れがしてある事が、必しもその人がその著者と眞に「對話」したといふ事を、意味しない。人は、讀んでゐる本の世界の中に、私を棄てて、誠實に、深く斬り込んで行くのでなければ、その本の著者と眞に「對話」する事は出來ない。その爲には人は先づ、相手の言ふ事を、深切に聽きとる必要がある。然し、教授の講義を筆記する場合に、多くの學生がさうであるやうに、單に受動的に、深切に、相手の言ふ事を聽きとるだけでも、著者との眞の「對話」は成り立たない。それには人が、一方では、著者と對等の、男づくの立場に立ち、自分の獨立と自由とを取り失ふ事がなく、他方では、自分の私を棄てて、相手の世界に沈潛し、相手の世界を理解する必要がある。一口に言へば、相手の世界に同化しながら、相手の世界から脱け出て、自分自身に獨自な活動を營むのである。漱石はそれをやつてゐる。

それをやつてゐる證據は、漱石が論文を讀めば論文が書きたくなり、小説を讀めば小説が書きたくなると、言つてゐる事である。勿論是は漱石が、それほどセンシブルな頭を持つてゐたといふ事を證明するものでもあるが、然し一方から言へば、漱石が、それほど集中して相手の世界に打ち込み、沈潛し、理解し、相手の頭の動くが如くに自分の頭を動かしたればこそ、漱石にかういふ――その都度論文を書いたり小説を書いたりしたい欲求が、動き出て來るのである。自分を對象の世界に同化させる限り、その對象が取り去られても、なほ自分の世界は、その對象と同性質の活動を、隋性として繼續する。同時に、自分を對象の世界に同化させはしたが、決して自分をその奴隷にはしなかつたといふ反省が、その隋性に乘つて自分自身を表現する事を、少しも恥辱と感ぜしめない。――この意味で漱石の讀書は、一つの「創造」活動であつたと言つて可いのである。自分の内に持つてゐるものを、外に押し出す爲めの刺戟として、一種の促進劑として、讀書が作用するのである。

勿論漱石は、自分自身を敎養する爲めの讀書といふ事も、決して等閑に附してゐなかつた。それどころではない。人の敎養は、その人の經驗と讀書とから得られる。然し一人の人の經驗は、竟《つい》に人生の限られた一部分以上に出でる事は出來ないのだから、それを補充するものは、讀書を措いて外にないといふ事を、旣に漱石は、高等學校の時分から考へ、それを子規の所へ書いてやつてさへもゐるのである。從つて漱石は、その晩年こそ、詩を作つたり句を作つたり、畫をかいたり書をかいたりして、それほど讀書には親しまず、親しんでも多く東洋的なものを採り上げようとする傾向があつたやうであるが、然しそれまでの内は、自分が創作活動に從事する以外の、殆んど一切の時間を擧げて、思索し讀書する事を怠らなかつた。

読書は、自分が是までに經驗した事もないやうな、特殊な經驗を經驗させてくれる。自分が漠然としてしか感じてゐなかつたものを、明瞭に道破して、それを確と認識させてくれる。自分では思ひも及ばなかつた人生の視點を提示して、人生を視る自分の眼に、新しい展望を用意してくれる。――然しかうして獲られる筈の教養も、それが、内にあるものを外に押し出して、大きく育て上げられたのでない限り、決して體驗にも教養にもなる事がなく、結局は、呑み込んだものをそのまま吐き出す鵜のやうなものか、知つたか振りを振り廻す骨董屋のやうなものを、作り上げるに過ぎないであらう。從つて此所でも必要なのは、「創造」活動としての讀書である。自分自身の自由と獨立とを取り失ふ事がなく、相手の世界と同化し、相手と男づくに「對話」しつつ、相手から、自分の持つてゐるものを引き出して育て上げるに十分な、刺戟を受とるのである。――さうして漱石が、自己を教育する目的で採つて來た讀書の態度も亦、この「創造」活動であつたのに外ならなかつた。

（一一・五・一一）

（一九三六年五月号掲載）

新秋漫語

森田草平

一

夏目漱石は晩年獨逸語の勉強を始められた。「獨逸語は如何です?」と訊くと、「まあ寒天の中を泳ぐやうなものだね」と答へるのを常とせられた。抜手を切つて泳いでも、一向前へ進まぬといふ洒落である。先生の獨逸語が寒天の中を泳ぐやうなものなら、英語は水の中を泳ぐ、日本語は陸《をか》の上を歩くやうなものだといふことになる。「矢つ張り日本語が一番樂ですか」と訊くと、「當り前だ」と云はれた。それを聞いて、私は大きに安心したことがある。自分が出來ないもんだから、他《ひ》人《と》も出來ない、殊に先生のやうな人も出來ないと聞くと、何だか心強いやうな氣持ちになる。そして、さういふ事ばかり今になつても記憶《おぼ》えてゐるんだから、世話はない。

私は大學で英文學を專攻した。勿論、英語にそれ程自信があつたわけでもなければ、英文學に特別の興味を持つてゐたわけでもない。たゞ外國文學の一つとして選んだまでである。獨逸語は高等學校で遣るには遣つたが、總じて語學に自信のない私は、迚《とて》もそれで立つ氣にはなれなかつた。

で、この二箇國語で澤山だと思つてゐる處へ、大學でなほ羅典語と佛蘭西語を課せられたには、うんざりした。羅典語は二年目に學制が變わつて隨意科といふことになつたから、その場で未練氣なく罷めたし、佛蘭西語は三年間何うにか胡魔化して通つたが、學校を出ると同時に返上した。尤も、その後喰ふに困つて佛蘭西語の教師をしたこともあるが、苦しい上に氣が射すので、一年半ばかりで辭退した。たゞ獨逸語は三年間みつちり叩込まれたのだから、これだけは物にしたいと思つて、現に數部の飜譯もした。一冊の書物を無理にも飜譯すると、終わりの頃には何うやら獨逸語が讀めさうな氣がして來る。その勢ひで讀みつゞけるといゝのだが、やはり寒天の中を泳ぐのは辛い。成るべくなら水の中、水の中よりは陸《をか》を歩きたくなる。かうして金を貰はぬと――飜譯でもしない限りは――獨逸語の本は讀まないことに決めたわけでもないが、結局さうなつてしまつたから、今以て私の獨逸語は物になつてゐない。

で殘る所は英語だけだ。

嘗て英文學專攻の先輩が私にかう云つて聞かせてくれたことがある。いはく「中學は英語を學ぶ所だし、高等學校は獨逸語をおぼえる所、大學は羅典語を教はる學校だ。だから英文科の卒業と云つても、英語の實力は中學卒業以上に出でないのだよ」と。今は恐らくそんな事はあるまい。しかし昔はいさゝかその觀がないでもなかつた。現に私なぞは中學時代よく解りもしないのに、スコット、バイロン、テニソン、ウオーヅウオース、カウバアと、マクミランの註釋書を手賴りに讀んで行つた。沙翁のものも二三冊は嚙つた。かうして難かしい物ばかり我流で讀んでゐたから、正則に英語を學んだとは云はれない。大學の卒業論文に生れて初めて英語の文章を綴つた時、それを讀んだ試驗官の夏目先生から「君は十六世紀時代の英語を書くね」と褒められた。綴字が皆違つてゐるのを冷笑《ひやか》されたのである。

二

それでも英語まで捨てゝは餘りに勿體ないと思ふから、今でも英書だけは勉めて讀みつゞけてゐる。

處が、前にも云つたやうに、私は專門に英文學を研究するやうな氣はない。外國文學に接近する手段として、まあ所好《すき》なものを手當り次第に讀むのだ。つまり雜學である。常識涵養みたいなもので、專門的には殆ど何一つ讀んでゐない。專門家でもなけりや、迚《とて》もこんな本は讀まないだらうといふやうな本は、私も矢つ張り讀んでゐない。或ひは文學といふものの性質がさういふものかも知れないが、兎も角、そんな譯で、この頃氣の付いたことだが、私の讀んだ書物はその後大半飜譯されてしまつた。加之《のみならず》、私の讀まない本までどし〳〵飜譯されてゐる。これぢや苦勞して外國語を學んだ甲斐は何處にある？　と聞きたくなる位のものだ。我國の文運以て慶すべしには相違ないが、私自身としては詰らない學問をしたものだと思ふ。今頃生れて來たら、決して英語なぞ覺えなかつたに相違ない。

でも、英語——でなくとも、外國語を知つてれば、あちらの新刊書が讀めるではないか。と、かう云ふ人があるかも知れない。が、そんな氣を揉むには當らない。半年か、せい〴〵一年も待てば、誰かが飜譯してくれる。實際、科學と違つて文學書だけは、新しがりの通を振り廻すか、新刊紹介でもしようと思はぬ限り、遽《あわ》てゝ讀むには當らない。評價が定まつて後、ゆつくり讀んで澤山である。

　それから近頃は爲替の關係で、文學書の輸入が停つたとか、少なくなつたとか云はれる。が、私自身はそれには痛痒を感じない。第一、私にだつて所謂つんどく書で、書棚に並べたまゝ、未だ眼を通さない書籍がかなりある。殊に全集物にはそれが多い。第二、よんど讀む物がなくなつたら、同じ物を讀んでゐても一向差支へない。學問としては、それぢや不可ないかも知らんが、文學の修業としては、それで構はない。

　それに就いて、かういふ話がある。

　私は近頃――と云つても、彼れ此れ十年にもなるが、日本の歴史に興味を持つて、暇さへあれば、ぽつ〳〵讀んでゐる。これも學問する氣ではないから、他人の知らないやうな、新しい史料を渉獵しようなどとは夢にも思はない。古人今人を問はず、他人の書いて下さつたもので澤山である。處で、歴史の面白いことは、一日圖書館に籠つて、二冊でも三冊でも讀めば、それだけ新しい知識が穫られる。二十頁讀んでも、三十頁讀んでも、今迄知らなかつたことを知ることが出來る。然るに文學はさうは行かない。千頁もあるやうな大冊子を七日も十日もかゝつて、水の中を泳ぐやうな思ひで、えつちらおつちら讀んで、面白ければよいが、面白くなかつたらそれつ切りだ。何の裨益する所もなければ、何の加ふる所もない。眞にくたびれ儲けの骨折損である。少し年を取ると、よく人は小説を離れて、歴史を探つたり、隨筆を讀んだりするやうになるが、或ひはこんな所から來てゐるのかも知れない。

だから、下らない小説を讀んでがつかりさせられるよりは、同じ物を繰返しても、ちやんと相場の極つた傑作を讀んだ方がいゝ。そして、面白いことには、一度讀んだものでも、二度目に讀むと、又變わつた味を發見するものである。私は西洋の劇や小説を讀んで、氣に入つた所には遠慮會釋なくアンダラインしたり、思ひつきを欄外に書き附けたりして行く癖があるが、數年もしくは十數年後に讀み返して見て、何うして前にこんな所が氣に入つたのかと、氣分の轉變に一人で微笑ましくなつたり、時には何うしてこんな所に感服したのか譯の分らなくなつてゐることさへ、往々にしてある。しかも、その反面には、前には何の注意も惹かずに讀過した、アンダラインも何もしていない所に、津々たる滋味を發見することもある。その味はひは又格別だ。そして、かういふ味はひは文學書に限ることで、知識を主とする歴史や隨筆には見られないものであらう。

三

今年の春人を案内して漱石山房へ行つた時、不圖塵に埋もれた書籍の中にポール・ブルジエーの「ザ・ウエイト・オブ・ザ・ネーム」(「家名の重壓」とでも譯すべきか)といふ英譯本があつて、その扉に先生自身鉛筆で讀後感を走り書きしてゐられるのを發見した。その全文を引けばかうだ。

「父の執事が悪くて破産しようとする。父の友達が死んで莫大な遺産を得る。と同時に此友達は母と密通してゐた事が分る。母と此友達の往復の艶書を無名で父に送つたものは執事である。執事は父の家財を賣佛ふ用意をして、其コムミツシヨンを取らんと思ふ折柄だから、もし父が此遺産を受ければコムミツシヨンに有附くことが出來なくなる。だから此遺産は密通して出來た子に傳はるものだと知らせれば、父はこれを辭するに違ひない。さうすれば自分に利得がある。執事の思はくは斯うである。

自分が眞の子と思つてゐたものが間男の子であつたといふことを發見してから、父の心的狀態――子を見るに忍びなくなる所から、愈子供が外國へ行くといふ間際に急に元の愛情が出て、再び眞の親子の樣な情合が出る變化が甚だ面白い。

前半はプロツトが巧妙であるだけそれ丈、臭い所がある。けれども全然僞構のプロツトだと非難する程でもない。自然的構設的の論は措いて、かゝるプロツトを組立てるといふ事が既に手際である。」

最後の一節は、小說作法に對する先生平生《ひごろ》の主張であつた。が、私はそれよりもその前の梗概に心を惹かれた。或ひは先生自身の手で書かれた梗概の文字に心を惹かれたと云つた方がいゝかも知れない。兎に角、私は急にこの書が讀んで見たくなつて、三日許り山房へ通つて大急ぎで讀了した。が、讀了した後の氣持で云へば、さう面白くなかつた。成程、英吉利のマンチエスターから亞米利加へ旅立たうとする子息夫婦を巴里から追懸けて行つて、最後に仲直りをする場面は、一寸感傷的にならせる。が、何うもそれだけのやうな氣がする——プロットの巧妙といふこと以外には。或ひは私の期待が餘りに大きかつたせゐかも知れない。

シエンケウイツチの三部作の最終作「パン・ミカエル」の中に、一人の波蘭の騎士が「これは俺《わし》の娘だ——母親の云ふ所に據れば」と云つて、娘を紹介する所がある。成程、本當にわが子だと分つてゐるものは母親の外にあるまい。外國にはかういふ問題を取扱つた作は幾許《いくら》もありさうなものだが、物覺えの悪い私は、イプセンの「鴨」とトマス・ハーデイの「キヤスターブリッヂの市長」の外には、今一寸想ひ出せない。ハーデイの作はブルジエーのそれよりも一層搾へ物のやうな氣はするが、暗澹として人に迫る氣は遙かに強い。一番深刻なのは、何と云つてもイプセンの「鴨」である。が、漱石先生には、「鴨」は餘りに自然主義的氣分が濃厚で、可厭《いや》であつたかも知れない。

（一九三九年九月号掲載）

「猫の含蓄」（1）

澁澤秀雄

夏目漱石が「吾輩は猫である」を發表したのは明治三十八年（一九〇五）一月一日から翌三十九年八月一日までだという。俳句雜誌「ほとゝぎす」に連載されて、一躍有名になつた作品である。當時「吾輩は猫である」という題目からして、世間をアッといわせるほど奇警なものだつた。そして特異な構成と斬新な文體で、一匹の猫に「人間解剖」や「文明批評」を試みさせたのである。自然主義文學のような「なまなましさ」も「深刻さ」もなかつたが、「人間生活」の一面がユーモラスに、そして皮肉に、また時には俳句的な「あわれ」を伴いながら描かれている。

中學の同級生に教えられて、私が「猫」を讀んだのは單行本になつてからだつた。第一巻は中村不折の装幀で、中にところどころ同じ人の挿絵があつた。木炭紙に描いた俳画風の画だつた。

「猫」は立派な本のくせに、わざと假りとじにしてあつて、ペーパーナイフでページを切りながら讀むのだつた。そんなフランスの本みたいな趣きも、中學生の私には新鮮でうれしかつた。ここまで書いて往時を思いおこすと、假りとじの装幀は第二巻以後だつたような氣もする。そして橋口梧葉の装幀などもあつたように覺えている。とにかく私は「猫」を皮切りとして、グングン漱石に傾倒していつた。「猫」の中には古來の諺、故事、俗語、東洋西洋の人名、地名などが澤山出てくる。私はそういうものを覚えることに、中學生らしいペダンティスムを滿足させた。といつて諺の眞意や人々の事蹟を調べた譯ではない。ただ、うわっつらを撫でただけで、子供らしく得意になつていたのである。

こういう淺薄さは、ある程度、誰にでも共通な讀書態度ではなかろうか？　そして「猫」みたいに諺や人名の多く出てくる小説では、それらをよく知ると知らないとで讀書の味自體も變つてくる筈だ。そんな意味から、私は三、四年前に「猫」の含蓄しているものを調べてゆこうと考えた。しかし出足のおそい私は、やつと今年になつてそれを書きはじめた。そして二回分の原稿を書きあげたとき、迂闊な私は岩波書店が去年新書判で刊行した漱石全集の「吾輩は猫である」上下二巻に、それぞれ丹念な注解のついていることを知つた。

さてそれを見ると、本文の末尾に附した注解だから、簡單にして要を得ている。それに比べると私の書いたものは本末轉倒である。本文の引用は短く注解は長い。いわば注解を隨筆風に書き流しながら、本文に半世紀前への郷愁を味つているのである。そこで私は兩者の單なる重複を避け、岩波の注解に對する補足や異論だけを書くことにした。だからこの一文は、岩波注解の附錄みたいなものにすぎない。

「吾輩は猫である。名前はまだ無い。

どこで生れたか頓と見當がつかぬ。何でも薄暗いじめ〳〵した所でニヤー〳〵泣いて居た事丈は記憶して居る。吾輩はこゝで始めて人間といふものを見た。然もあとで聞くとそれは書生という人間中で一番獰悪な種族であつたさうだ」。（岩波新書判漱石全集「吾輩は猫である」上巻5）

こう紹介された無名の猫は、書生に捨てられてから無我夢中で竹垣の破れた穴をくぐり、教師の家へたどりつき、結局そこで飼われることになつた。

「もし此竹垣が破れて居なかつたなら、吾輩は遂に路傍に餓死したかも知れんのである。一樹の蔭とはよく云つたものだ」。（6）

○「一樹の蔭一河の流も他生の縁」という諺がある。他生とは今生に對して過去や未來の生を指す言葉。源平盛衰記巻三十二は「一樹の蔭に宿り、一河の流を渡るも、皆是先世の契とこそ聞け」。また太平記巻一は「一樹の蔭に宿り、同じ流を汲むも、みなこれ多少の縁淺からず」。そして平家物語巻七は「一樹の蔭に宿るも、前世の契淺からず。同じ流を掬《むす》ぶと、他生の縁猶深し」。と言つた工合に用いている。

出典は「説法明眼論《せつぽうみようげんろん》」で、「或處㆓一村㆒。宿㆓一樹下㆒。汲㆓一河流㆒。一夜同宿。一日夫妻。皆是先世結縁也」。とある。一説に聖徳太子述ともいうが、實は遙かに後世の作で、佛教の行儀と僧の心得とを記した書物だ。天臺宗の僧が書いたものらしいという。

猫は中學教師珍野苦沙彌先生の家に住みつく。先生の友人で美學者の迷亭が、苦沙彌のかいたまずい水彩画を見て、こうからかうところがある。

「昔し以太利の大家アンドレア、デル、サルトが言つた事がある。畫をかくなら何でも自然其物を寫せ。天に星辰あり。地に露華あり。飛ぶに禽《とり》あり。走るに獸あり。池に金魚あり。枯木に寒鴉《かんあ》あり。自然は是一幅の大活畵なりと」。(10)

○ Andrea del Sarto（一四八七―一五三一）フィレンツェに生れて同市で死んだ。本名はアンドレア・ダニョロ。父が仕立屋だつたのでサルト（仕立臺の意）と呼ばれた。一五一八年にフランス王フランソワ一世にパリへ招かれたが、フィレンツェに残してきた繼女房の懇請のため故郷へ帰り、そのままパリ再遊の約を果さなかつたので、フランス王の寵を失つたという。數多い作品の中で「マドンナ・デル・サッコ」などが特に名高い。

ある日苦沙彌がアンドレア・デル・サルトをきめこんで猫を寫生しだした。しかし、猫はモデルになつているのを窮屈がり、「吾輩はいつでも此所へ出て浩然の氣を養ふのが例である」。(12) という家の裏の茶園に逃げ出す。そして、そこで例の車屋の黒に始めて出會う段取りになるのだ。

○「浩然の氣を養う」の出典は「孟子」である。弟子の公孫丑が先生の孟子（西暦前三七二―二八九）に、「不動の心」を養う方法を質問すると、孟子は「私の方法は一方で心をきわめ盡すと同時に、他方でよくわが浩然の氣を養うのだ、と答える。そこで公孫丑が、浩然の氣とは何ですか、と問う。すると孟子は、曰く言い難しだが、その氣なるものは至つて廣大、剛健で、素直に育て養えば天地一杯にひろがる。いわゆる俯仰天地に恥じない心境をかもし出す。そしてこの氣は常に正義と人道とに伴うもので、少しでも義と道とに缺ける所があれば萎びてしまう」といつたようなことを延々として答える。どうも分かつたようで分からない説明だ。

中國の文天祥（一二三六―八二）は「正氣歌」の序に「浩然ハスナハチ天地ノ正氣ナリ」と說き、日本の吉田松陰（一八三〇―五九）は「浩然トハ大ノ至レル者ナリ。至剛トハ浩然ノ氣ノ模樣ナリ。富貴モ淫スル能ハズ、貧賤モ移ス能ハズ、威武モ屈スル能ハズ、ト云フハ此ノ氣ナリ。此ノ氣ノ凝ル所ハ、火ニモ燒ケズ、水ニモ流レズ云々」と說明している。大銀行の地下室にある保護金庫みたいに堅牢そうだ。共產黨員の火炎瓶などは共產主義的浩然の氣の發露かもしれない。ともかく日常使われている「浩然の氣」は、はるかにノンビリした意味に變化している。

次は例の人を食つた迷亭が、苦沙彌を煙にまいているところだ。

「いや時々冗談を言ふと人が眞に受けるので大いに滑稽的美感を挑發するのは面白い。先達てある學生にニコラス・ニックルベーがギボンに忠告して彼の一世の大著述なる佛國革命史を佛語で書くのをやめにして英文で出版させたと言つたら、其學生が又馬鹿に記憶の善い男で、日本文學會の演說會で眞面目に僕の話した通りを繰り返したのは滑稽であつた。所が其時の傍聽者は約百名許りであつたが、皆熱心にそれを傾聽して居つた」。(18)
○ "Nicholas Nickleby" はイギリスの小說家チャールス・ディッケンス Charles Dickens（一八一二―七〇）の書いた小說の主人公だ。心の清いニコラスは十九のとき父親に死なれ、母や妹のケートと貧乏のドン底におかれた。彼はある私立學校の受付係になつたが、生徒を虐待する校長に義憤を感じて一番可哀相な生徒の一人とそこから逃げ出す。そして波瀾の多い運命と戰い抜いたあげく、最後には戀人と結婚し、妹ケートも良縁を得て共に幸福になるといつたようなメロドラマ風の長い物語である。

○ Edward Gibbon（一七三七―九四）はイギリスの歴史家である。彼は一七六四年にイタリイへいつたときローマの癈墟を見て心を打たれ、ロンドンに歸つてから長い年月をかけて "The Decline and Fall of the Roman Empire"（ローマ帝國衰亡史）を書きあげた。

これだけ註釋をつけると、迷亭の悪戯がハッキリ分かる。彼の悪戯はまだつづく。

「夫からまた面白い話がある。先達て或文學者の居る席でハリソンの歴史小説セオフアーノの話しが出たから僕はあれは歴史小説の中《うち》で白眉である。ことに女主人公が死ぬ所は鬼氣人を襲ふ様だと評したら、僕の向ふに坐つて居る知らんと云つた事のない先生が、さう〳〵あすこは實に名文だといつた。それで僕は此男も矢張り僕同様此小説を讀んで居らないといふ事を知つた。」（18）

○ Frederic Harrison（一八三一―一九二三）はイギリスの法律學者で、歴史小説を書いた人。この Theophano は一九〇四年の作である。

コンスタンチノープル（現在のトルコの都イスタンブル）の皇帝ニセフォラス二世は九六二年にシリアへ攻め入り、翌年そこの皇帝ロマヌス二世が死んでから帝位についた。そしてロマヌスの王妃だつたセオファーノと結婚したといわれる。

ハリソンのセオファーノは一九〇四年（明治三十七年）に出た。そして漱石は翌三十八年にそれをこう引用している。

終戰直後、私が若いアメリカ兵と話していてゲーテの名を口にしたら、彼は「ホワット?」と聞き返した。ファウストの作者だと說明しても、「聞いたような名だ」と濟ましている。迷亭の滑稽的美感を挑發する青年だつた。しかしその彼も、自動車やラジオや生活に直接必要な事柄は何でもよく知つていた。なるほどアメリカという國はモリモリ金を溜める國だという氣がした。そういえば近ごろの日本青年にも、この種の「ホワット?」がふえたようである。

（隨筆家）

（一九五七年七月号掲載）

漱石と五高

上林　暁

過日、母校に當る熊本大學内の五高同窓會から、「五高七十年史」という本が送られて來た。編者は、同大學教授の高森良人博士である。

この七十年史を開いて、舊職員の一覽表に目を通そうとすると、先ず目の往くのが夏目金之助という名前だつた。本文をめくつても、何か漱石の隱れた逸話が書かれているのではないかと思われて、夏目教授という名を拾つて行つた。

面白いのは、五高の教授に赴任して間もない漱石が、端艇部長を委囑されたということだつた。意外な感じを受けたが、漱石は端艇競漕を好んでやつたことがあつたそうだから、意外ではなかつたわけである。

その頃五高では、佐世保鎭守府から日清戰爭の戰利品である鎭遠號のカッター二隻を讓り受け、「旅順」「大連」と命名、佐世保から熊本郊外の江津湖まで廻漕して來た。明治三十年夏のことで、廻漕に際しては握飯二籠、菓子四箱、梨及鷄卵數十個、寶丹數袋、飲料水十餘瓶、照前燈四個、蠟燭數本などを用意して、校内生校外生併せて三十名ばかりが佐世保に出かけて行つた。指揮に當つたのが、後年日露戰爭當時、北滿で勇名を轟かした沖禎介等であつた。無事大任は果されたが、そのために百圓近くの赤字を出して困つてしまつた。端艇部長の夏目教授はそれを耳にすると、平然と自腹を切つてその辨償をすませ、責任を感じて部長を辭したと傳えられているそうである。漱石の初任給は月額百圓だつた。

日清戰爭の記念であり、漱石とも因緣の深い風變わりな端艇は、その後永らく江津湖に浮べられ、競漕にも使用されていたが、いつの間にか姿を消してしまつた。それが校友會の大問題にまで發展したものだそうである。

明治三十年十月十日の開校記念日に、夏目教授は教員代表として「祝辭」を讀んだ。それが今も保存されている。漱石の初期の文章として珍重すべく、また卓見に富んだ教育觀もうかがうことが出來、大變な名文である。

祝　辭

本日本校創業ノ記念日ニ當リ我等モ聊カ所感ヲ述べ幷《あわせ》テ諸子ニ告ゲ以テ今日ノ祝詞トセム夫レ教育ハ建國ノ基礎ニシテ師弟ノ和熟ハ育英ノ大本タリ師ノ弟子ヲ遇スルコト路人ノ如ク弟子ノ師ヲ視ルコト秦越ノ如クンバ教育全ク絶エテ國家ノ元氣沮喪セム諸子笈ヲ負テ斯校ニ遊フ必ス當《まさ》ニ校舍ヲ以テ吾家トナスノ覺悟アルヘキナリ若然《もししか》ラスシテ放逸喧擾妄《みだり》ニ校紀ヲ紊亂セバ我其心ト學校トノ間白雲千里ナルヲ見ル而已《のみ》夫レ天人一體自他無別ト言ヘリ斯《か》クナラデハ學校

ノ隆盛ハ期シガタキゾカシサレバ此紀念日モ往シ昔ノ忘形見ニシテ一日ノ歡樂ヲ盡スモ益《ますます》此ノ校ヲ光大ニシテ聖恩ニ報イ奉ラントテ也況《まし》テヤ今日ハ國家岌々ノ時ナリ濫費ノ日ニ多キハ内憂ナリ强國ノ隙ヲ窺フハ外患ナリ思テ茲ニ至レバ寝食モ安カラヌコトナリ殊ニ薄志弱行ノ徒ハ人ノ色ヲ見テ移リ利ノ多少ヲ聞テ走ル恰浮草ノ如シ豈浩歎ノ限ナラスヤ諸子能々此ニ眼ヲ着ケ規則遵奉校友相和シ孜々《しし》トシテ學ヲ勉メバ唯本校ノ面目ナルノミナラス亦國家ノ幸福ナリ諸子今學生タリト雖ドモ其一言一動ハ卽國家ノ全局ニ影響スルナリ佐久間象山我四十ニシテ斯身ノ天下ニ關スルコトヲ知ルトイヘリ象山ノ人傑ニシテ始テ然ルニアラス中等ノ人士モ然リ下等ノ匹夫匹婦モ亦然リ則チ學校一致ノ觀念ナキハ其校全體ノ破綻ニシテ亦國家教育ノ陵夷ナリ懼テ且戒メサルヘキン《ママ》ヤ是ヲ祝規トス諸子之ヲ諒セヨ

明治三十年十月十日

第五高等學学校教員總代

教授　夏目金之助

高森教授も言つているように、日清戰勝後の世相を憂え、若い學徒達に指針を興えようとしたものと看取される。紋切型の祝辭とは譯がちがつて、血の通つた憂世の警告文と言えよう。「薄志弱行ノ徒ハ云々」と言つているのなどは、漱石の眞骨頂を見る思いがする。この「祝辭」は初版の漱石全集には収錄されていないが、その後鏡子未亡人が熊本を訪れた際冩眞に撮つて行つたそうだから、後の版の全集には載つているかも知れない。

高森敎授は二十年前、「五高五十年史」を編んだ當時、雜然と積重ねられた資料の中から、五高に教鞭を執つたもう一人の文豪ラフカジオ　ヘルンの試験問題を發見した。それと前後して、夏目教授の試験問題も探し出した。ヘルンのものは直ちに庶務課の金庫に藏つてもらつたので事無きを得たが、漱石のものは編集室の書棚の中に付箋をつけて置いといたばかりに、誰かがそれを拔取つてしまつたと言つて、残念がつている。全く惜しいことをしたものだ。ヘルンのものは見事な眞蹟だそうだが、漱石のものは謄冩版刷りだつたそうである。謄冩刷りにしても、漱石が自身で書いたものだつたにちがいない。

夏目教授の試験問題が引用出來ぬ代りに、ヘルンの試験問題の一部を、參考までに引用してみよう。

English Composition

1

Theme for Graduating Class of 1893: –

– Carlyle, having been asked by a student : – "what shall I read ?" – made answer, – "Read that which is eternal." Comment upon this incident; and write your own opinion as to what is "eternal" in good books, – considering the word "eternal" as refering only to the whole history of human civilization, and its probable future.

漱石は「三四郎」の中に、三四郎の回想の形で、五高の環境を相當くわしく書いているが、「熊本高等學校秋季雜咏」という俳句ではそれを網羅している。高森教授も七十年史の中に當然全句を織込んでいる。

學　校　いかめしき門を這入れば蕎麥の花
　　　　栗みのる畠を借して敷地なり
運動場　松を出てまばゆくぞある露の原
圖書館　韋編斷えて夜寒の倉に束ねたる
　　　　秋はふみ吾に天下の志
習學寮　頓首して新酒門内に許されず
　　　　肌寒と申し襦袢の贈物
瑞邦館　孔孟の道貧ならず稻の花
　　　　古ぼけし油繪をかけ秋の蝶
倫理講話　赤き物少しは參れ蕃椒《たうがらし》
　　　　かしこまる膝のあたりやそゞろ寒
教　室　朝寒の顔を揃へし机かな
　　　　先生の疎髯に吹くや秋の風
植物園　本名は頓とわからず草の花
　　　　苔青く末枯るゝべきものもなし
物理室　南窓に寫眞を燒くや赤蜻蛉

化學室　化學とは花火を造る術ならん
玻瑠瓶に絲瓜の水や二升程

動物室　剝製の鵙鳴かなくに晝淋し

食　堂　樊噲《はんかい》や闥《たつ》を排して茸《たけ》の飯
大食を上座に栗の飯黄なり

演説會　瓜西瓜富婁那《ふるな》ならぬはなかりけり
就中うましと思ふ柿と栗

撃劍會　稲妻の目にも留まらぬ勝負哉
容赦なく瓢《ふくべ》を叩く絲瓜かな

柔道試合　轉《こ》けし芋鳥渡《ちよと》起き直る健氣さよ
靡《なび》けども芒を倒し能はざる

「漱石俳句集」には、このほかに二句が加わつて、二十九句になつている。

物理室　暗室や心得たりときりぎりす

動物室　魚も祭らず獺老いて秋の風

なお七十年史には書かれていないが、漱石が五高の龍南會誌（校友會雑誌）に「人生」と題するエッセイを寄稿していることも忘れられない。

漱石の五高在任中の經歴は、次のようである。明治二九年四月一四日發令、講師。同年七月九日、教授。三三年五月一二日付、英國留學。三六年一月二一日、歸省。三六年三月三一日退官（この間、三三年四月には教頭心得となつている。）

漱石が五高に在任したのは、辭令の上では七年近くになるが、實質的にも四年餘である。「吾輩は猫である」を書く前、三十歳前後の時代に、それだけの歳月を熊本で送つたということは、漱石の人間形成、文學形成の上に重要な役割を演じていると言つていいだろう。表面に現れただけでも、「草枕」「二百十日」「三四郎」、それから九州各地を詠んだ無數の俳句となつた。これは、島崎藤村が「破戒」を書く前、三十歳前後の時代に、東京を離れて信州小諸で數年間を送つたのに似ていないだろうか。

（餘言。私はこの稿を書きながら、筑摩書房版「現代日本文學全集」の「夏目漱石集」に付いている年譜を參照した。偶然「カーライル博物館」の發表せられたのが、明治三八年一月の「學燈」となつているのを發見して、本誌「學鐙」のことではないかと思つた。もしそうだとすれば、本誌の創刊されて間もない時分のことである。）

（作家）

（一九五八年一月号掲載）

漱石の作品に現われた寅彦

太田文平

この十二月九日は漱石の五十周忌に当り、また三十一日には寅彦の三十回忌を迎えるが、中谷宇吉郎の「寺田寅彦の追憶」の中に、「漱石先生の書かれたもののモデルの詮議などすることは、如何にも意味のないことという気もする」ということばがある。けれども、漱石が寅彦をモデルに用いたのは、また特別の意味があったように思われる。現に寅彦自身も「寒月のモデルなどというものはない」といっているくらいで、それは好事家のせんさくするような、いわゆるモデル小説に出てくる意味の、単なるモデル問題ではなくて、相互の人生に影響力をもつ契機がひそんでいるからである。

以下、寅彦の随筆の中から、寅彦自身が漱石の作品の材料に使用されていると言明しているもののみを実証的に拾いあげて、この点を探究するためのよすがとしたいと思う。

「自由画稿」の「歯」の中に、次の一節がある。

——いつかどこかで御馳走になったときに出された吸物の椎茸を嚙み切った拍子にその前歯の一

本が椎茸の茎の抵抗に敗けて真中からぽっきり折れてしまった。夏目漱石先生にその話をしたらひどく喜ばれて、その事件を『吾輩は猫である』の中の材料に使われた。この小説では前歯の欠けた跡に空也餅が引っかかっていたことになっているが、その頃先生の御宅の菓子鉢の中にしばしばこの餅が収まっていたものらしい。とにかく、この記事のおかげで自分の前歯の折れたのが、二八歳頃であったことが立派に考証されるのである。立派なものが、つまらぬ事の役に立つ一例である。

——

漱石の「猫」の中では、このことがとりあげられて、「俳句にはなるかも知れないが恋にはならんようだな」とのべられているが、これが漱石の寅彦観の一端のあらわれであり、かつて漱石が寅彦を評して、「神経質にして仙骨を帯びたるもの」といったと伝えられていることの実証にもなるように思われる。

寅彦の「夏目漱石先生の追憶」の中に、「自分が学校で古い「フィロソフィカル・マガジン」を見ていたらレヴェレンド・ハウトンという人の〝首釣りの力学〟を論じた珍らしい論文が見附かったので、先生に報告したら、それは面白いから見せろというので学校から借りて来て用立てた。それが『猫』の寒月君の講演になって現われている」というところがある。

これは「猫」の中にある「首縊りの力学」をめぐる論争の場面になっているのであるが、数式の説明の段になって、「この式を略してしまうと折角の力学的研究が丸で駄目になるのですが……」「何そんな遠慮は入らんから、ずんずん略すさ」と苦沙弥先生がいうのであって、このことについては、中谷宇吉郎の前掲書によると「実は一二の連立方程式を解くところで、如何に漱石先生でもこればかりは致し方がなかったであろう」と寅彦が宇吉郎に話した由である。

しかし、寅彦は漱石の科学的素質を認めていなかったのではなくて、「高等学校で数学の得意であった先生は、こういうものを読んでもちゃんと理解するための素質をもっていたのである。文学者には異例であると思う」と書いている。

この漱石の科学的素質が、寅彦の人生を理解するのに大いに役立ったのであろうと考えられ、また科学と文学の融合というテーマもここに背景をもつものではないかという気がするのである。

寅彦の「冬夜の田園詩」という作品の中に、「後年夏目先生の千駄木時代に自筆絵葉書のやりとりをしていた頃、ふと、この伯母の狸の踊りの話を想い出して、それをもじった絵葉書を先生に送った。丁度先生が、『吾輩は猫である』を書いていた時だから、早速それを利用されて作中の人物のいたずら書きと結び付けたのであった」というくだりがある。このことも、漱石と寅彦の別の角度から見た愛情の交流を示す資料と見ることができる。

また、「夏目漱石先生の追憶」の中に、次の一節がある。

——自分の研究をしている実験室を見せろと云われるので、一日学校へ案内して地下室の実験装置を見せて詳しい説明をした。その頃はちょうど弾丸の飛行している前後の気波をシュリーレン写真に撮ることをやっていた。「これを小説の中へ書くがいいか」と云われるので、それは少し困りますと云ったら、それなら何か他の実験の話をしろというので、偶然その頃読んでいたニコルスという学者の「光圧の測定」に関する実験の話をした。それをたった一遍聞いただけで、すっかり要領を呑込んで書いたのが「野々宮さん」の実験室の光景である。——

これはいうまでもなく、「三四郎」の中に出てくる「野々宮さん」のことであり、小宮豊隆の「三四郎の材料」と中谷宇吉郎の「光線の圧力の話」に詳細にのべられているところである。

そして、このことから感ぜられるものは、先にものべた漱石の科学的素質と、寅彦に対する信頼感とであり、また寅彦より見れば、「聞いただけで見たことのない実験が、かなりリアルに描かれているのである。これも日本の文学者には珍らしいと思う」ということであり、漱石の本質的な偉大さがわかる。芥川竜之介のことばにも「文学を志す者は、まず数学を得意としなければならない」というのがあったように記憶している。

寅彦の随筆集「触媒」の中に収録されている「喫煙四十年」に、次の一節がある。

——伯林でも電車の内は禁煙であったが、車掌台は喫煙者の為に解放されていた。（中略）日本の電車ではこれが許されない。いつか須田町で乗換えたときに気まぐれに葉巻を買って吸付けたばかりに電車を棄権して、日本橋まで歩いてしまった。夏目先生にその話をしたら早速その当時書いていた小説の中の点景材料に使われた。須永という余り香ばしからぬ役割の作中人物の所業としてそれが後世に伝わることになってしまった。——

ところが、漱石の「彼岸過迄」の中の「停留所」という一章を見ると、このことが次のように書かれている。

敬太郎が二階から玄関へ下りた時は、例の女下駄がもう見えなかつた。（中略）表へ出るや否や、何ういふ料簡か彼はすぐ一軒の烟草屋へ飛び込んだ。さうして、其所から一本の葉巻を銜《くは》へて出て来た。それを吹かしながら須田町迄来て電車に乗らうとする途端に、喫烟御断りといふ社則を思ひ出したので、又万世橋の方へ歩いて行つた。彼は本郷の下宿へ帰る迄此葉巻を持たす積で、ゆつくりゆつくり足を運ばせながら猶須永の事を考へた。——

これによると、寅彦のいうような須永の所業ではなく、敬太郎の所業であるけれども、寅彦の体験談を漱石が題材としたことは、その内容の一致からして確実である。

漱石の「彼岸過迄」は、明治四五年に書かれたものであり、寅彦の「喫煙四十年」は昭和九年に書かれたものである関係から、幾分追憶の誤謬があったものと思われる。このことは、記憶の正確性に比類のない寅彦としては、まことに珍らしいことであるといえよう。

寅彦が漱石の作品にあらわれた例は、以上につきることではない。最初にふれておいたように、寅彦が随筆の中で、自から証言しているいわば確実なもののみをとりあげてみたのである。

小宮豊隆の名著「夏目漱石」によれば、「漱石は、自分が最も愛する者、自分が最もよく知っている者、自分に最も近い者の中に、最もみにくいものを沢山発見する時、愛し、知り、近いという理由で、それを見て見ぬふりをするというような、だらしのない真似はできなかったのである」と述べられており、また和辻哲郎の名著「偶像再興」の中にも、「先生は「人間」を愛した。しかし不正なるもの不純なるものに対しては毫も仮借する所がなかった。その意味で先生の愛には「私」がなかった。」という叙述がある。漱石の「愛」は「即天去私」的であり、まことにきびしかったといわなければならない。けれども、寅彦にとっては「先生というものの存在が心の糧となるのであった」とさえ感ぜられたのである。

明治四一年七月三〇日付の鈴木三重吉あての手紙の中で、漱石は「近頃は大分ずるくなつて何ぞといふと手近なものを種にしやうと云ふ癖が出来た」と書いている。

漱石が、このように自分の作品の中に、「手近なもの」として寅彦のことをとり入れているということと、また小説のモデルにされることなどは、おそらく最も好まなかったであろうと思われる寅彦が、自らすすんでそのことを証言していることは、漱石と寅彦とが人生の寂しさを基底とする運命共同体であったことを示すものであると思われる。

それは、単に科学と文学の交流という後天的なもののみでなく、同質的な人間性のかもし出すへだてのない、温い愛情の交流と透徹した理解とに支えられているものである。しかも、それは、高い、正しい、信頼感による純粋な人と人とによる美しい人生のあや織りをえがき出しているものである。

（寅彦研究家、後、日本大学教授）

（一九六五年一二月号掲載）

「草枕」追跡

渋沢秀雄

ことしの一月十七日に、私は熊本市で催された民間放送教育協会の九州地区研究協議会へ出席した。そして翌十八日の朝は、同市のさるホテルで、東大安田講堂に立てこもる暴力学生を、警視庁の機動隊が根気よく逮捕してゆくテレビ放送をながめた。私が同大学の学生だった大正初期には、想像もできなかった事態である。私はなさけなさと、バカバカしさと、腹立たしさの、苦いカクテルを飲まされたような気がした。

午前十時には熊本放送の村上常務さんが迎えにこられ、その日の案内役にお願いした本田先生を紹介して下さる。先生は元熊本大学の学長で、現在は同校の名誉教授だ。ロビーではからずも、私の亡父渋沢青淵の書いた掛軸を示される。ご所蔵の品だという。さてお話ししてみると、共通の知人も多い。初対面ではないような親しみを感じた。

それから三人は熊本大学へいって、明治三十年の五高開校記念式に、漱石が作って書いたという「祝辞」を見た。その文章は漱石に相違ないが字は代筆らしいという説もある。そして松岡譲君の

「ああ漱石山房」は代筆説を採っているようだが、それはともかく、奉書に書いてある筆跡は見事で、文章も堂々たる名文だ。「ああ漱石山房」はそれをこう説明している。

「本文は多い行で十五字、少ない行で十字そこそこ、全部で五百余字を四十四行に巻物風に書いたもので、頗る達筆、片仮名まじりの楷書はとかくぎごちなくなり易く、書き難いものであるのに、頗る暢達、よく自然のリズムをとって流れるように書いてある。しかも首尾一貫、スピード感十分で、妙な糞頑張りの箇所が見られない。中々の能筆だ。(下略)」

これほど詳しい観察はできなかったが、この説明を読むと、なるほどそうだったのかとうなずく始末である。そして祝辞の首部には次の辞句があった。

「夫レ教育ハ建国ノ基礎ニシテ
師弟ノ和熟ハ育英ノ大本タリ」

その朝東大騒動のテレビを見たばかりなので、この文句は胸につきささるような気がした。「三四郎」のなかに帝大の研究室や庭園を描写した漱石先生が、もし今の有様を見たらどんな東大を描かれるだろう。この対句を自然石に彫った碑は、校庭の樟の木陰にあった。

「ああ漱石山房」によると、漱石は熊本で送った四年間に、六つの借家へ移り住んだ。そして本田先生は私を五つ目の家へ案内された。静かな通りにある、門構えの立派な邸宅だった。本田さんは玄関に立ってベルを押したが人のくる気配もない。そこで数回大きな声で「ご免下さい」と呼んだがシーンと静まり返っている。むろん玄関の戸はあかない。そこで右手へまわって勝手口へゆく。ここでも声をかけたが応答はない。

「留守かな?」本田さんは独りごちながら、さらに裏へまわった結果、そこの奥さんが庭に出ておられたことをつきとめる。そして家のなかへ案内された。今は某銀行の支店長夫妻が住んでおられるのだ。いくら呼んでも返事のなかった長閑さを、うれしく感じた。

ここにも「ああ漱石山房」の一節を借用する。松岡君が昭和三年に漱石先生未亡人夏目鏡子さんの供をして、熊本や松山に追跡調査をしたときの記録だからである。

「……次は坪井町に移った。わずか十円の家賃だったというが、これはまたおそろしく立派な家だ。洋館の応接間や玄関が新しくくっついたので、未亡人は一時、これは新築らしいと言っていたが、勝手の方から庭口へまわって見て、当時のままだとわかった。

物置小屋がもとは厩で、馬丁が同居していたという程だから、当時、五高の学生さんだった寺田寅彦さんが、書生においてくれという話で、物置でもよければといって話がきまったというのも道理だ。ここで初めての長女筆子が生まれた。『安々と海鼠《なまこ》の如き子を生めり　漱石』というのが祝いの句。海鼠の如きは少々恐れ入る。ここは産湯の水の井戸だ、七五三縄《しめ》でも張ったらどうですなどと[1](中略)子規居士が初雛を祝ってくれる。その手紙と雛とは今私たち夫婦が秘蔵している。ここでの住まいは足掛け三年の長きにわたった。」

筆子嬢は後の松岡譲夫人である。その日私の見た漱石旧居は、おそらく昭和三年とあまり変わってはいなかったろう。

それから本田先生と村上常務さんは、私を「草枕」の舞台となった小天《おあま》温泉へ導いてゆかれる。まず例の山路を登るのである。

(仮名づかいを今風にしておく)

「山路《やまみち》を登りながら、かう考へた。

智に働けば角が立つ。情に棹させば流される。意地を通せば窮屈だ。兎角に人の世は住みにくい。」

うまいことをいったものである。この小説が出た当座、智に働けば以下がソックリ「ラッパ節」で歌えるのを、おかしく思ったことまで思いだした。

私たちの車の登る道は、「草枕」の主人公「余」が歩いた道のあとで出来たものらしい。つまり別の道なのである。しかし同じ山を同じような角度で登ってゆくのだ。周囲の風景は大体似たりよったりだろう。ただし「草枕」の世界は陽春の候で雲雀がさえずり、菜の花が咲き乱れる。それに引きかえ一月なかばの山は落莫たるものだった。

「春は眠くなる。(中略)時には自分の魂の居所さへ忘れて正体なくなる。只菜の花を遠く望んだときに眼が醒める。雲雀の声を聞いたときに魂のありかゞ判然する。雲雀の鳴くのは口で鳴くのではない、魂全体が鳴くのだ。魂の活動が声にあらはれたもの、うちで、あれ程元気のあるものはない。あゝ愉快だ。かう思つてかう愉快になるのが詩である。

忽ちシエレーの雲雀の詩を思ひ出して、口のうちで覚えた所だけ暗誦して見たが、覚えて居る所は二三句しかなかつた。（下略）」

やがて自動車は峠の茶屋跡へきた。見晴らしはいいが、「草枕」を読んで頭のなかに出来たイメージには遠く及ばない。峠の茶屋も姿を消して、跡には自然石の碑があるばかりだった。なまじ変な茶屋が残っていて、幻滅の悲哀にぶつかるよりはよかった。作中の峠は頭のなかでいよいよ詩化される。

「『おい』と声を掛けたが返事がない。

軒下から奥を覗くと煤けた障子が立て切つてある。向ふ側は見えない。五六足の草鞋《わらじ》が淋しさうに庇から吊されて、屈托気にふらり〳〵と揺れる。下に駄菓子の箱が三つ許り並んで、そばに五厘銭と文久銭が散らばつて居る。

『おい』と又声をかける。土間の隅に片寄せてある臼の上に、ふくれて居た鶏が、驚ろいて眼をさます。ク、、、ク、、と騒ぎ出す。（下略）」

やっと出てきた茶屋のお婆さんと、雨に濡れた「余」との会話がはじまる。いかにも長閑だ。そして私たちも小天温泉へ着いたころには「草枕」同様雨がふってきた。

小天漱石館の温泉は現実暴露の悲哀だった。小説中の風呂場はもっと詩的かつ浪曼的だった。

「身体を拭くさへ退儀だから、い丶加減にして、濡れた儘上つて、風呂場の戸を内から開けると、又驚かされた。

『御早う。昨夕はよく寐られましたか』

戸を開けるのと、此言葉とは殆んど同時にきた。（中略）

『さあ、御召しなさい』

と後ろへ廻って、ふわりと余の脊中へ柔かい着物をかけた。漸くの事『是は難有《ありがと》う……』丈《だけ》出して、向き直る、途端に女は二三歩退いた。（下略）」

この女はむろん志保田家の那美子である。

庭を通って、漱石館の一番上の座敷へゆく。座敷の前には水のきれいな小さい池があり、大きな岩が程よく配置してある。閑雅なたたずまいの離れだ。庭には南天が何本も、真っ赤な実を房々と下げていた。

むかし「草枕」を読んでから、私は深山椿の妖しい美しさが好きになった。そこで「鏡が池」に連れていってもらう。人里離れた山奥とばかり思っていたのに、実は郵便局長さんの座敷の縁先が汀だった。相当の広さで水は澄んでいる。美しい池だが凄味はない。お庭の泉水みたいに平明な感じだ。手前の汀には大きな泰山木が立っている。向う岸にも樹木はある。しかし椿はなかった。

「見てゐると、ぽたり赤い奴が水の上に落ちた。静かな春に動いたものは只此一輪である。しばらくすると又ぽたり落ちた。あの花は決して散らない。崩れるよりも、かたまつた儘枝を離れる。枝を離れるときは一度に離れるから、未練のない様に見えるが、落ちてかたまつて居る所は、何となく毒々しい。又ぽたり落ちる。あゝやつて落ちてゐるうちに、池の水が赤くなるだらうと考へた。花が静かに浮いて居る辺《あたり》は今でも少々赤い様な気がする。（下略）」

「余」はここで突然岩の上に現われた那美子に驚かされるのである。

その日私は「草枕」の舞台を遍歴した。それを満足に思う一方、愚かにもこの年になって、小説中の景色や人は、実在のそれらと全然別個の存在であることを体験した。その意味で、坪井町の漱石旧居以外は、「草枕」の夢をさます材料でしかなかった。こんなことを書くのは、貴重な時間をさいてご案内下さったご両所に何とも申しわけない次第だ。

漱石は「倫敦塔」の冒頭で塔見物をこういっている。

「一度で得た記憶を二返目に打壊はすのは惜い、三たび目に拭い去るのは尤も残念だ。」

それと同様に、小説で得た幻想を現地で打ち壊すのは惜しい、詮索して拭い去るのは尤も残念だといえそうである。

（評論家）

（一九六九年三月号掲載）

（1）「ここは産湯の水の井戸だ（中略）」では分かりにくいため、「七五三縄でも張ったらどうですなどと」を『ああ漱石山房』から原文を補った（學鐙編集室）。

一九〇〇年（明治三十三年）十二月二十二日（土）

荒　正　人

わたしはいま、『漱石研究年表』（集英社版『漱石文学全集』別巻）改訂の仕事に没頭している。夏目漱石の生涯に関しては、今後大小の新しい事実が発見されよう。その一つを書き留めておきたい。

ある古書展で、慶応大学の松原秀一さんにおめにかかった時、池辺義象（元治一年（一八六四）—大正十四年（一九二五）。国文学者）の書いたものに、夏目漱石がロンドンに着いてまもなく遠出をした記事が見付かったので、写しを送りましょう、とのことであった。松原秀一さんと知りあったのは、夏目漱石の許に出入りし、小宮豊隆などとも仲良くしていたロシヤ人Serge Elisséeff（エセーニン（エリセエフ））について、情報を交換する集まりをもった時、E. O. Reischauer（ライシャワー）の書いたSerge Elisséeff（エリセーエフ（エリセエフ））の伝記の写しをいただいたりして、学恩を深く蒙ってからである。

さて、池辺義象の文章である。これは「潮の八百路」と題されている。A5判一ページ分である。全文を引用できるほど短い。だが、松原秀一さんが時間と労力を注いで発見したものだから、わたしにその権利はない。礼儀にも反する。

おゆるしをえて、内容だけを紹介させていただく。——池辺義象の文章で、新しく分かった事実は、つぎのとおりである。

①池辺義象は、小山正太郎（安政四年（一八五七）—大正五年（一九一六）。画家）とともに、明治三十三年（一九〇〇）初めに、Paris（パリ）から London（ロンドン）にやってきた。

②池辺義象は、十二月二十日（木）か二十一日（金）に、6 Flooden Road, Camberwell. New Road, London S. E. の Harold Brett の家に移ったのである。ここには、夏目漱石が下宿していた。一週二十五シリングである。前の下宿は、環境も普通で、部屋もよかった。一週二ポンド（四十シリング）であった。だが、こんどは、環境もわるく、部屋も感心しなかった。週二十五シリングであった。その頃、留学生の下宿は三十シリングというのが普通であったらしい。夏目漱石のほかに、田中孝太郎（横浜の若い実業家）と米津恒次郎（米津風月堂の養子か）が同宿している。小山正太郎の宿は恐らく池辺義象とおなじであったかもしれぬ。初めは、ロンドンのホテル、つぎに、夏目漱石の下宿ではなかったろうか。

③池辺義象は十二月二十二日（土）朝はやく、米津恒次郎とともに、Fenchurch Street Station（フェンチャーチ通り停車場）に行った。夏目漱石と小山正太郎も、Fenchurch Street Station（フェンチャーチ通り停車場）まで見送った。田中孝太郎は渡辺和三郎（不詳）と共に、Fenchurch Street Station（フェンチャーチ通り停車場）から汽車に乗り、船まで見送ったらしい。船というのは、日本郵船の備後丸である。池辺義象の文章は、読み方では、田中孝太郎と渡辺和三郎だけでなく、他の人たちも、Fenchurch Street Station（フェンチャーチ通り停車場）から乗車して、備後丸まで見送ったかとも受け取れる。

Fenchurch Street Station（フェンチャーチ通り停車場）からどこまで行ったのであろうか。それを推定するのに、手掛かりになる文章が一つある。それは、岡倉由三郎「友に異邦に遇う」（『国漢』昭和十一年十二月号（芳賀博士記念号）冨山房刊）である。明治三十五年（一九〇二）六月二十九日（日）朝、芳賀矢一は、Dieppe（ディエップ）から New Haven（ニュー・ヘヴン）に渡り、Victoria Station（ヴィクトリア停車場）に着き、Hammer-Smith（ハマスミス）（Thames River（テムズ河）北岸）の岡倉由三郎の下宿まで、馬車に乗ってやって来たのである。芳賀矢一は岡倉由三郎には懐かしい友であった。その日の午後は London（ロンドン）見物をした。別の日に Cambridge（ケンブリッジ）に、三土忠造（明治四年（一八七四）―昭和二十三年（一九四八））を訪ねた。三土忠造は小笠原長幹伯爵（数え十八歳）の監督者として、付き添っていたのである。後に政治家になったが、その頃は、イギリス文学を勉強する準備として、文学年表を作っていた。芳賀矢一が London（ロンドン）に滞在したのは、六日間であった。

「やがて、芳賀君のロンドン出発の日が来た。七月四日も晴であった。その日の午後、芳賀君は、土井〔晩翠〕、美濃部〔達吉〕、夏目〔金之助〕、それから僕などに送られて、フェンチャーチ駅から乗車、チルベリーのドックに向ひ、そこの一旗亭で晩餐を共にし三鞭のキルクの祝砲も放って、十時半といふに、船はおもむろに錨を挙げ、芳賀君は一路平安、鋼子夫人とそのお子たちの待ちに待たれる故郷の空に向った。」

これは、一九〇二年（明治三十五年）七月四日（日）のことである。一年半余りまえの一九〇〇年（明治三十三年）十二月二十二日（土）にもおなじだったらしい。「ティルベリのドック」というのは、Tilbury Docks（ティルベリ・ドック）のことである。Tilbury（ティルベリ）は Thames River（テムズ河）と London（ロンドン）の中間の北岸にある。London Bridge（ロンドン橋）から船では四十キロほどである。Fenchurch Street Station（フェンチャーチ通り停車場）から、汽車で二十マイル（三十二キロ余り）行った地点にある。このドックは、wet dock（湿式ドック）である。日本では、「ドック」というと dry dock（乾式ドック）のほうが普通だが、London（ロンドン）では、wet dock（湿式ドック）が多い。Thames River（テムズ河）を港に利用したせいもあろう。河の横に、大きな貯水場を掘って、船を繋ぐ場所である。Fenchurch Street Station（フェンチャーチ通り停車場）から数キロほど東に、一八八六年に開かれた West India Dock（西インド・ドック）や East India Dock（東インド・ドック）がある。これらは、河沿いの港であり、陸のなかの港である。備後丸はなぜ London（ロンドン）市の dock（ドック）に入らないで、Thames River（テムズ河）の入口ではないが、London（ロンドン）市の中央部からかなり離れている Tilbury Docks（ティルベリ・ドック）に入ったのかよく分からぬ。だが、当時の慣習に従ったものであろう。
――Tilbury（ティルベリ）はTilbury Fort（ティルベリ堡塁）で名高い。これは、Henry Ⅷ（ヘンリー八世）（在位一五〇九―四七）の時に築かれたものである。Elizabeth I（エリザベス一世）（在位一五五八―一六〇三）は、スペインのArmada Invencible（無敵艦隊）の攻撃にそなえて、軍隊を召集し、ヘルメット帽を被った凛々しい姿で、「わたしの肉体がかよわいおみなのものだとはよく知っています。だが、胸と肝《はら》は男王《キング》のもの、イングランドの男王《キング》のものです。」と呼びかけたことは名高い。夏目漱石も岡倉由三郎もこの歴史的な挿話を思い起こしたかも知れぬ。

夏目漱石がLondon（ロンドン）に着いたのは、一九〇〇年（明治三十三年）十月二十八日（日）午後七時頃である。夏目漱石がParis（パリ）を離れて、一時間後に、芳賀矢一（国文学）、藤代禎輔（ドイツ文学）、稲垣乙丙（農学）、戸塚機知（軍隊医学）の四人は、勢揃いをして、馬車二台を連ね、Gare de Norde（北の停車場（北駅））に向かった。駅の近くで昼食をし（想像）、午後一時五十分の汽車でBerlin（ベルリン）に向かった。四人ともドイツに留学することになっていた。

一九〇〇年（明治三十三年）九月八日（土）、夏目漱石は、ドイツに留学する四人と共に、Preussen（プロイセン）号に乗って、横浜を出発した。長崎、上海《シアンハイ》、福州《フーチユウ》、香港《ホンコン》、新嘉坡《シンガポール》、ペナン、コロンボ、アデン、ナポリを経て、Genova（ジェノヴァ）からTorino（トリノ）を通り、Alps（アルプス）山脈の西部を越えて、恐らくLyon（リヨン）を経て、十月二十一日（日）午前八時頃Gare de Lyon（リヨン停車場）に降りた。西洋文化の中心であるParis（パリ）は、「万国博覧会」で湧き立っていた。四月十四日（土）から十一月三日（土）まで開かれ、その間四千七百万人が入場したという。夏目漱石の一行もむろん見物した。十月二十二日（月）午後、万国博覧会を見物してから、黄昏《たそがれ》のParis（パリ）を展望した。その時夏目漱石はどんな感想を抱いたであろうか。翌日、妻の鏡子に宛てた手紙では、「欧州ニ来テ金ガナケレバ一日モ居ル気ニハナラズ候穢クテモ日本ガ気楽デ宜敷候」と洩らした。Paris（パリ）に滞在したのは、八日足らずであった。その間、文部省から出張して来た渡部董之介（推定）の世話で、Nordier夫人（不詳）の家に泊った。民宿の一種か。夏目漱石は、地下鉄《メトロ》に乗ったり、「衣褶れ《フル・フル》」を聞いたりしたかも知れぬ。浅井忠なども訪ねている。忙しく動き廻った。そのあと、Paris（パリ）からLondon（ロンドン）には、どんな道筋を選んだものであろうか。「巴理《（ママ）》ヲ発シ倫敦ニ至ル船中風多クシテ晩ニ倫敦ニ着ス」（十月二十八日（日））（日記）

これだけの記録しか残っていない。船酔いをしただけでは、どの航路によったかは決定し難い。これは当時のフランスとイギリスの汽車と汽船の時刻表をもっと念入りに調査してみなくてはならぬ。わたしはいま、夏目漱石が池辺義象を送って、Fenchurch Street Station（フェンチャーチ通り停車場）に行ったことが分かっただけでも嬉しい。夏目漱石がParis（パリ）からLondon（ロンドン）にどんな経路で行ったかという難問を解く勇気を与えられる。

『漱石研究年表』で、わたしはつぎのように記載したが、こんどはかなり補正をしなければならぬ。松原秀一さんに深く感謝したい。

十二月二十日（木）以後、二十六日（水）以前。池辺義象（小中村義象）、パリからロンドンに来て、立ち寄る。帰朝したら、中根家に立ち寄り、自分の近況を伝えてくれると言う。

（文芸評論家）

（一九七五年五月号掲載）

漱石と龍之介の書簡

木下順二

考えてみるとこれまでに、日本、外国、そう少なくはない作家の書簡集を読んできているわけだが、いろいろと身近な思いが身にしみて感じられたのは、何といっても旧制高校時代から大学の頃へかけて熱心に読んだ夏目漱石と芥川龍之介の書簡集である。それぞれにおもしろかったのだが、印象に残っているのは、両者に不思議に似通ったところがあるということであった。あの二人に共通のものがあるだろうかといぶかる人もあるかと思うが、洗練された駄洒落と本質的なまじめさのまじり合った文体といい、例えば新聞社入社の時の態度や後輩への温かいいたわりなど、二つの書簡集は奇妙に相似ている。

ただいま二つの書簡集を実に久しぶりに書架から取り出して来て、懐しき鉛筆の書きこみなどを眺めながらページをひるがえしてみているところだが、なにしろ急場で詳しい照合などできないけれども、新聞社の件でいうと、次のようなくだりがある。

漱石書簡、一九〇七年（明治40）三月十一日付、坂元三郎宛のものだが――

拝啓　先日御話しの朝日入社の件につき多忙中未だ熟考せざれども大約左の如き申出を許可相成候へば進んで（注、主筆の）池邊氏と会見致し度と存候

一　小生の文学的作物は一切を挙げて朝日新聞に掲載する事

一　但し其分量と種類と長短と時日の割合は小生の随意たる事。（換言すれば小生は一年間に出来得る限り……

以下こまごまとあって、更に「一　俸酬《ママ》は御申出の通り月二百圓にてよろしく候。」そしてなお三ヵ条をきちんと設定している。時に漱石四十一歳。

芥川は二十五歳の一九一八年（大正7）二月十三日に、大阪毎日新聞文芸部長薄田淳介にこう書いている。

拝復　朶雲奉誦、問題の性質上学校の首席教官とも一寸相談して見ましたが大體差支へあるまいといふ事ですから條件第一で社友にして下さい齟齬するといけないから念の為その條件を下へ書きます。

一、雑誌に小説を発表する事は自由の事

二、新聞へは大毎（東日）外一切執筆しない事

以下やはりあと三ヵ條こまごまとある中に、「四、報酬月額五十圓」と金額が安いのは、社員ではない社友になる契約だから仕方がなく、そして翌年一月に芥川は同じ薄田に、「拝啓　突然こんな事を申し上げるのは少々恐縮ですが私は《ママ》あなたの方の社の社員にしてくれませんか」という手紙を書くのだが、その手紙の結びも、漱石のさっきの手紙の結びと大変よく似ていて、並べてみるとこうである。

……出たらば出た時に（注、ほかにも條件を思いついたらばその時に）申上げ候が先づ是丈を参考迄に先方へ一寸御通知置被下度候先は右用事迄　艸々頓首／三月十一日／夏目金之助

……私の考へが手紙では十分徹しない憾があるのですがその邊はよろしく御諒察を願ふより外ありません　當用のみ　頓首／一月十二日／芥川龍之介

契約についての手紙だから同じようなものだといってしまえばそれまでだが、発想と叙述が相似ていること、少々篤くに値するという気が私はする。

後輩へのいたわりの手紙は両者とも非常に多いが、漱石で一つおもしろいのは、大学の卒業論文を読むとすぐ、それを書いた学生に批評の手紙を出していることであって、私も大学教師の経験はあるが、当時は事情が少々違っていたとはいえ、なかなかこう行くものではない。

……君のエッセイは英語がまずいね。然し他に御仲間があるから大丈夫だ。然し今少し何とかありたいものだ。意味の通じない所がある。もつと注意して本をよまなくてはいけない。（野村傳四へ）

拝啓　二三日前君の論文をよみたり。通篇自家の英語にてかきこなしてある御手際はえらいもの也。英文としてあれ丈にかき上げられゝば結構なり。感服の至りである。只僕の氣のついたうちに両三箇所の誤謬あり（以下二百字ほども費して激賞したあと）〇〇君の論文も頗る面白い。只英語がづぬけてまづいのは因る。（中川芳太郎へ）

拝啓　君の論文は大に短かい而してよく釣合がとれてよく纏つて居るあれはマーローの脚本が數に於て少ないのと其數の少ない脚本が三とも同種類の主人公で貫いて居る所爲か又は君の手際がうまいのか。／文章も君のかいたのと人のを借りたのとは区別出來る様に思ふが君のかいたと思はれる所が中々面白く出來て居る。但し綴字の間違に亂暴なのがあるのは驚ろいた。第一君の參考書のシモンズ Symonz とかくのは餘程軽率だ夫から時々 delinarate と云ふ言葉があるが是も困る。其他は略。／然し大體の上に於て成功で結構であります。（森田米松へ）

森田米松というのは森田草平のことである。草平に対しては例の『煤烟』事件の時だけでなく多くの真情籠もった長い手紙を漱石は書いているが、卒論のとき既に右の如し、後年、「夏目漱石先生逝いて二十有六年、私も還暦を越えて、更に一年の馬齢を加へた」草平が、なお追慕の涙を双眼にたたえる青年の心情で、大部の『夏目漱石』二巻を編んだ気持がよく分る。

ついでながら中川芳太郎宛書簡に○○君とあるのは二宮行雄のことらしく、同じ日に漱石は野村傳四へ手紙を書いて、「拝啓二宮君の所へ手紙をやりたいが番地が不分明故君に傳言を依頼する。」として、二宮論文のほめるところは十分ほめつつ、「但し英文の拙劣にして而も書法のゾンザイなる事甚し。同氏は無論英文をかく了見もあるまいが、あまり亂暴である故折角の論文の價値を下げる事一方ならず」うんぬんと懇切を極めている。

似たような意味において芥川で記憶に残っているのは佐々木茂索、小島政二郎、それから南部修太郎などの後輩への手紙であって、それらを読んでいると、おれ自身は果してこれだけ真情の籠もった手紙を誰かに書いてやったことがあるだろうかという気がしてくる。いずれも長い手紙で全文を引くわけにはとても行かないが、一部を紹介すると、佐々木茂索へ——

啓　君の手紙を読んだ／あてがなければ書けないと云ふのは尤だと思ふ。しかし君の場合はあてがない訣ぢやない。僕は何時でも君として恥しくないやうな作品が出來たら中央公論へも持ちこむと云つてゐるのだ。（中略）そんな事には遠慮なくもつと僕を利用すべきものだ。／しかし実際問題を離れての話だが、君に今最も必要なものは専念に仕事をすべき心もちの修業ではないか。

以下一六〇〇字に近い手紙であり、また例えば小島政二郎へは、「啓　一枚繪を読みました妄評を試みると」と書き起して七ヵ条、二〇〇〇字を越える。そしてこれら数少なくない手紙の、その行文の湛えている細やかな思いやりと真率の情において、漱石と龍之介には大変相通じるものがあると私は感じるのである。

そういう点で、漱石の書簡の中の圧巻は、亡くなる前年に、京都のお茶屋大友《だいとも》の女将磯田多佳に与えた一六〇〇字を越える一通だろう。その年一九一五年（大正４）の春、漱石は京都に遊び、多佳と知り合っていろいろ世話になり、胃痛で三晩多佳の店で寝こんだりもしているのだが、それより前の着京六日目、荒正人氏の名著『漱石研究年表』によれば、「北野の梅を見に行こうとして、楽しみにしていると、約束の時間に野村きみと梅垣きぬは来たが、磯田多佳は来な」かった。そのことに対して帰京後に漱石は、「御前は僕を北野の天神様へ連れて行くと云つて其日斷りなしに宇治へ遊びに行つてしまつたぢやないか。あゝいふ無責任な事をすると決してい、むくひは來ないものと思つて御出で。……うそをつかないやうになさい。天神様の時のやうなうそを吐くと今度京都へ行つた時もうつきあはないよ」という手紙を書いたのへ多佳はある返事を出し、それに漱石が答えたのがあの長大な書簡である。「あなたをうそつきと云つた事についてはどうも取消す氣になりません。あなたがあやまつてくれたのは嬉しいが、そんな約束をした覺がないといふに至つてはどうも空とぼけてごま化してゐるやうで心持が好くありません。……あなたは私をまだ感化する程の徳を私に及ぼしてゐないし、私も亦あなたを感化する丈の力を持つてゐないのです。私は自分の親愛する人に對してこの重大な點に於て交渉のないのを大變残念に思ひます。是は黒人《くろうと》たる大友の女将の御多佳さんに云ふのではありません普通の素人としても御《ママ》多佳さんに素人の友人なる私が云ふ事です。……」

書簡集というものは、作品よりも直接にその人を伝えることしばしばであるのは当然として、読みかたによっては時として作品以上におもしろいものだということを考える。

（劇作家）

（一九八一年十一月号掲載）

ロンドン先生

杉森久英

昭和三年、第四高等学校へ入って、まず嬉しかったのは、英語を原書で習えることであった。そのころの中学生にとって、原書という言葉は神秘的な響きをもっていて、教科書に使うリーダーや、受験参考書のように、日本の印刷工場でできたものでなく、本場の英国や米国で印刷された本を、じかに読むということが、たいへんすばらしいことのように思えた。

一年のときの英語は、日本人の先生二人、英国人の先生一人に教わった。英国人は、第一次大戦に従軍して負傷したという、四十すぎの男で、授業には熱心でまじめだったが、目の前にいるこのアジアの後進国の青年たちが、英語の勉強を通じて何を学び取ろうとしているかなどということには無頓着で、ただ英語に熟達させさえすればいいと思っている風であった。

日本人の教授の一人は岡本勇先生であった。背はあまり高くないが、頭髪をきれいに刈りそろえ、いつも何か考え事にふけっていらっしゃるかの如く、首をかしげ、顔をややあおむけにして、微かに笑みを浮かべ、静かに、端然として歩を運ばれ、どんなことがあっても、あわてたり、騒いだりされる風はなかった。綽名を「ロンドン」といったが、これは先生がいつも山高帽に黒のスーツという服装で、どんな天気のいいときでも、こうもり傘を胸に抱いていらっしゃる様子が、伝え聞くロンドンの紳士そのままなので、つけられた名前であろう。もちろん、先生は意識的に英国紳士の範に倣おうとしておられたので、大変な気取り屋の伊達男だったわけである。しかし、昭和初年の金沢では、いささか滑稽な存在でないこともなかった。

テキストはチャールズ・リード Charles Reade の「修道院と炉辺」という小説であった。エヴリマン叢書の一冊で、中学時代からあこがれていた原書である。本文は茶がかったクリーム色の紙に、きれいな活字がぎっしり並んでいて、装幀も、古風だけれど雅致があって、いかにも、本場の書物で勉強するという満足感を味わうことができた。

「修道院と炉辺」は全体で三、四百ページの小説だが、岡本先生の講読は、いきなり百ページ目あたりからはじまった。これがどんな小説だか、これまでの荒筋はどうなのか、登場人物はどういう人なのか、そういう説明はいっさいなしである。

まったく、へんな小説だった。いきなり、ジェラードという青年が出て来て、恋人らしい少女といっしょに山の中や未開の原野を、誰かに追われて、逃げ歩くのだが、その場所はどこなのか、時代はいつなのか、彼等を追っているのが何者なのかの説明はいっさいなしである。先生は、そんな説明なんかする必要はないとばかり、超然と講読を進めるし、生徒も、そんなことを聞くのは野暮とばかり黙って聞いているという風だった。

しかし、わからないなりに、何度も聞いているうちに、霧の中から景色が浮かぶように、すこしずつわかってくる。何でも時代は中世らしい。場所はオランダかベルギーからしい。追っかけているのは町長とか悪代官とかいう連中とその一味らしい。逃げる二人は善人らしい。——しかし、それ以上になると、やはり雲をつかむようである。

あれから半世紀もたって、私はこの原稿を書こうとして、何となく気になるので簡単な辞典などひいてみて、やっとわかったのだが、この主人公のジェラードという青年は、宗教改革家のエラスムスの父親をモデルにしたものだということだった。なるほど、古くさいはずである。道具立てが万事古風で、善人悪人入り乱れて、追いつ追われつという趣が、日本でいえば馬琴や京伝の読本といったところだから、作者のリードは十六世紀か十七世紀くらいの人かと思っていたら、それほどでもなく、十九世紀のはじめころに生まれ、八十四年（奇しくも、今年がその百年目である）になくなったとあるから、近代作家の一人である。ただ、小説そのものは古めかしくて、歌舞伎の舞台でも見ているようだから、私たちはシェークスピアかミルトンあたりのころの、大昔の小説かと思っていた。

おかげで、私たちはずいぶん古い英語をたくさんおぼえた。登場人物の着物や、装身具、武器、建築物、動物、植物、食物などがのべつに出てくるのを、全部おぼえねばならなかった。私は大学では英文科へはいって、英語の先生になるつもりだったから（ほんとは小説を書きたかったのだが、書けなかったら先生になるつもりだった）英語の点数をよくしておく必要があると思って、集中的に英語の勉強ばかりしていたから、ずいぶん変てこな単語を、全部おぼえようとした。そして、その時は全部おぼえたはずだが、今は全部忘れてしまった。

ミサイルという言葉も、この授業でおそわった。しかし、そのころはまだ今のような、一発で軍艦一隻を沈めるような、物すごいやつがないころだから、字引きをひいても「火矢」としか出ていない。だから私は、今でも新聞にミサイルと出ていても、

「なんだ、火矢のことか」

と、ついたかをくくりたくなるのである。

ミルクソップ（milksop）という語も、この本で教わった。元の意味は牛乳に浸して柔らかくなったパンというので、柔弱な男、弱虫ということだそうだが、先生は「女の尻の下に敷かれている、意気地なしの奴め」という風に訳された。

「シドンズとガリック」（Siddons and Garrick）という言葉がある。どちらも、むかしの英国劇壇に君臨した名優だそうだが、先生はこれを「団十郎と菊五郎」という風に訳された。生徒の間からくすくす笑いが起り、先生もちょっと得意そうに微笑される、という風である。先生の訳は、いわゆる直訳とちがっていて、いつもひと捻り、捻りがかけられていた。

もうひとつ、「修道院と炉辺」には、今から考えると気になる個所があった。ジェラードと恋人

が敵に追われて夜の山の中を逃げまわっていると、前方の闇の中にボンヤリ異様な物が見える。たしかに人の姿をしているが、五人だか十人だか、すこしずつ間隔を置いて、一列に並んでいる。それが、おかしいことに、足が地についていなくて、一メートルか二メートルか（私は五十年前の教科書を、空襲で焼いてしまったので、今は記憶で書いている。当時の級友の二、三人に聞いてみたが、誰も持ち合わせていない。どこかで手に入ったら、人影が五人か十人か、地上何メートルのところに浮いていたのか、たしかめて見たいと思っている）いずれにしろ、何メートルか宙に浮いていて、風が吹くと、ゆらりゆらりと揺れている。

驚き怪しみながら、近づいてみると、それらは首吊りの刑を受けた罪人の死体であった。つまり、二本の高い柱の間に綱を渡して、何人かの囚人を、ひとまとめにして、洗濯物のように吊して、殺したのであった。中世では絞首刑はそのようにしてやったものらしい。

その後、私はずっと、その場面のことは忘れていたが、数年前、ふと、漱石の「猫」の中にそれと符合する場面があることを思いだした。寒月先生のいわゆる、首くくりの力学である。私が「猫」をはじめて読んだのは、中学生のころだったと思うから、「修道院と炉辺」を教わったときは、首くくりの力学は知っていたはずだが、そのときそれを思い浮べた記憶はない。どうも別々のこととして頭に印象されたようである。

数年前、私はふと、気がついた。漱石はリードのこの小説を読んでいて、寒月先生を書くとき、この首くくりの場面を思い出しながら、ああいう会話を創り出したのではないか。漱石は多読家で、人の読まないものを読んだので有名だが、「修道院と炉辺」などもちゃんと読んでいたのではないか――そんなことが、ふと思い出された。マニヤックな漱石研究家だった荒正人が聞いたら喜びそうな話だが、荒は私などに教えられなくても、すでに知っていたかも知れない。……いやそうでもあるまい。いくら荒が博識博捜の学究でも、中世に首くくりがそんな風にして行われ、それがリードの小説に描かれていることまでは知るまい。リードの中にそんな場面があることを知っているのは、いまの英文学者の中にも、そうたくさんはいないだろう。第一、リードという作家がいたことさえ、知っているかどうか。おそらく、昭和三年に、旧制四高の文科甲類の生徒として岡本先生の講筵に列した八十人くらいのほかには、多くはあるまいと思うのである。どこかほかで、リードをテキストにした先生がいたとしても、ちょうど首くくりの場面を取り上げた確率は、ほとんどゼロだろう。

漱石がリードを読んだか読まなかったか、寒月先生の首くくりの力学がリードに拠ったものかどうかは、比較文学上の一つの問題点だろうと思うが、私はふと思いついて、書棚から岩波版の漱石全集（新書判）の別冊（中）を取り出した。この巻には「漱石山房蔵書目録」という項があって、漱石死没のときの蔵書が一覧されるようになっている。その洋書の部にたしかに

Read (C.) The Cloister and the Hearth. London : Chatto & Windus. 1900

とあって、漱石がこの本を所有していたことだけは確認された。さらにこの本の現物をめくってみて、首くくりの場面にアンダーラインか書き入れでも発見できれば、三四郎が広田先生の引越しを手つだっているうち、先生がアフラ・ベインを読破していることに感嘆したと同じ感嘆を味わうことができるのだが、今の私には、そこまでの意欲はない。荒正人のような勤勉家の出現に期待したい。

（作家）

（一九八四年九月号掲載）

ケンブリッジの英文学

——漱石はなぜそこに行かなかったか——

川崎寿彦

明治三三年（一九〇〇年）十一月一日から二日にかけて、夏目漱石はケンブリッジ大学を訪問し、その結果、この大学に留学する計画を断念した。この事実はわれわれにとっても、かなり意味をもつように思われる。

漱石にとってケンブリッジの学生たちは、あり余る暇と金を社交とスポーツに使って日々を過ごす、ぜいたくな若者たちであり、とても東洋の貧書生には付き合いきれぬ、ということであったらしい。彼はロンドンにもどり、ロンドン大学の英文科に一旦は籍を置く。しかし間もなくそこも止めて、クレイグ先生の個人教授に切り換えたのであった。

彼にこのような留学の形態を選ばせたのは、ただ暇と金だけの問題ではなかったかもしれない。じつは当時のケンブリッジ大学では、「英文科」と呼べるほどのものが制度として完成していなかったのである。漱石はまさに創成期時代の東京大学英文科で教育を受けたわけだが、ケンブリッジ大学がそれより進んだ状態にあったとは、ちょっと考えにくい。なにしろ本当の意味でケンブリッジの初代英文科主任教授とも呼ぶべき地位に着いたのは、アーサー・クィラクーチ卿であり、その就任は一九一二年であったのだから。

英文科の体制が未完成だったという意味では、ウォルター・ローリー卿に率いられるオックスフォード、ケア教授をいただくロンドン大学とて、大同小異であった。要するに「英文学」という学問の体系が、まだ十分に発達していなかったのである。みんなまだ半信半疑だった——「英文学《イングリッシュ》」なんて「紳士」であれば、それぞれ個人の教養として読んでいるではないか。それを一つの学科にするのは、大学の権威をおとしめるだけではなかろうか、と。

もっともな疑問であった。「紳士」の学府において、人文学の本命はなんといってもギリシア・ラテン文学だったからである。だからこそ最初に英文学が正式の教科に採用されたのは、大学ではなく、工業専門学校であり、勤労者相手の成人学級においてであった。それはまさしく「貧民の古典文学《プア・マンズ・クラシックス》」だったわけだ。

しかながら一旦正式の学科として制度化されてからは、ケンブリッジの英文科の立ち上がりはめざましかった。一九一七年にいわゆる「イングリッシュ・トライポス」として英文科にも優等卒業制度が導入されたのを契機に、英文学にも——すくなくとも制度上は——ギリシア・ラテン文学と同等の市民権が与えられた。当初はやはりうさんくさい目で見られていたようだが、その後の英文科は着実な発展を続け、一九二〇年代後半からはいわゆる「ケンブリッジ英文科の黄金時代」を迎えることになる。

　ボートレースまがいにオックスフォードとケンブリッジを比較しておもしろがるのはつつしみたいが、両者の違いはやはりあったというべきだろう。なんといっても、オックスフォードでは、ギリシア・ラテンこそが「大学科《グレイツ》」なのである。同じ英文学でも、厳正な本文考証に終始する学風が支配的であった。あの空前絶後の大偉業『オックスフォード大英辞典』は、この大学でのみ完成できたと考えるべきであろう。

　これにくらべケンブリッジ英文科の特色は、あるいはすくなくとも特色の一つは、いきいきとした文学批評活動であったように思われる。もちろんそれは新しい学の体系としての英文学の一翼であるから、十九世紀的な印象主義的審美批評とは画然と区別されていなければならない。

　一九二〇年代の後半から三〇年代にかけて影響力をふるったI・A・リチャーズの批評活動は、その一つの典型であったろう。科学主義だ、心理主義だと、一部の人文主義者たちからはそしられたけれど、その「読みの理論」は今日に至るまでその先駆者的価値を失っていない。

『実践批評』（一九二九年）で彼の実験のモルモットになったのは、ケンブリッジ英文科の学生たちであった。作者名を伏せて詩作品を渡され、それらについての「読み」の実例を匿名で提出した百名を越える彼等のレポートは、天下のケンブリッジ英文科生の知識や感性が、世のミーハー族なみのお粗末さであることを、後の世まで実証してみせてくれた。しかし、なかにはウィリアム・エンプソンのようなスーパー・モルモットもいたわけであって、『曖昧の七つの型』（一九三〇）、『牧歌の緒変奏』（一九三五）は、師リチャーズの方法の継承発展であり、同時にそれを越える独創的なものである。それがアメリカ・ニュークリティシズムの分析批評に与えた影響は周知の事実であるが、後者が色あせてしまった後でさえ、光彩をとどめている姿は、見事というほかない。

一九三〇年代のケンブリッジは『スクルーティニー』誌の時代とも呼べるだろう。一九三二年にF・R・リーヴィスによって創刊された。たまたま時期がアメリカにおける批評運動の興隆期と一致したこともあって、リーヴィスとその一派を「イギリスのニュークリティクス」と呼ぶ傾向が一部にはあったが、両者の実体は懸隔いちじるしいものがある。誌名（スクルーティニー＝凝視）のとおり、文学作品の一編一編を凝視する批評家の眼光は特筆すべきであったが、それが微視的分析の操作に向かうことはほとんどなかった。

リーヴィス批評の特色は、むしろその強い道徳主義にあったというべきだろう。偉大な文学作品は、人間の真の生きざまにかかわっているゆえに偉大なのだという、単純素朴な信念が、彼の火のような批評活動を支えた。そして彼の信奉者たちを鼓舞した。ここから『スクルーティニー』のおそるべき影響力が生まれたのであった。

だからリーヴィスは、文学を真の意味で真剣に扱わないと彼が考える分子に対して、苛烈な戦いを挑み続けた。オックス・ブリッジ英文科の教授たち、『タイムズ文芸付録』、ＢＢＣ、ブリティッシュ・カウンシルなどが、執拗な攻撃の対象になったのは、これらが十九世紀的「お上品な伝統《ジェンティール・トラディション》」に安住し、英文学を趣味的レベルでとらえていると、彼が判断したからにほかならない。

リーヴィスとその一派の批評活動が、一部に熱狂的な支持を得つつ、他の一部のひんしゅくの的であったのは、おそらく英国社会の文化的体質の宿命であったろう。彼らはその社会のアウトカースト（賤民）であり、その自覚にもとづいて、はげしく燃焼した。リーヴィスがついに最後までケンブリッジ大学英文科の反主流であり続け、講師（リーダー）のまま退官の日を迎えたのは、彼にとって歯噛みするほど無念な事実であったが、同時に主義に殉じて本望、という側面もあったと思われるのである。

リーヴィスの批評活動は、D・H・ロレンスやジョージ・オーウェルの創作活動と並んで、「反・上流階級」(アンチ・ジェントルマン)の伝統を代表していたと見るべきであろう。さらによく考えれば、ケンブリッジの英文科に絶えざる活気をもたらしてきたそれらの批評家たちは、幾重にも重なった意味で「反体制」であるべく運命づけられていたように思われる。その出身だけを見ても、たとえばリチャーズ、リーヴィス、その妻Q・D・リーヴィスなど、すべて地方の小市民階級から出ており、さらに最近ではウェールズ労働階級出身のレイモンド・ウィリアムズの例もある。ユダヤ系のジョージ・スタイナーが教授になれなかった例については、虚実さまざまにとりざたされているけれど、最近では、じつはあのリーヴィスもユダヤ系だったのだという噂が、片隅でささやかれたりしている現状である。（ちなみに彼の妻はユダヤ系だった。）

一九八一年に起こった「構造主義者論争」は不幸な事態だったけれど、これとてもちろんケンブリッジ英文科の基本的体質に、深く根ざしていたわけであろう。ほとんど戦闘的に構造主義を標榜していた若手の講師コリン・マッケイブが、どうしても昇進を許されず、大学を去った。続いて、彼を推していた看板批評家のフランク・カーモンドも、ケンブリッジを見捨てた。損失は大きい。

もちろんケンブリッジの英文科は、けっして「反体制」側だけでもっていたわけではない。むしろそれをあるところまでは身内にたぐりこみながら「体制」を維持し発展させてきた、その懐の深さこそ、ケンブリッジの本領なのであろう。左翼批評家の闘将レイモンド・ウィリアムズは、一九七四年に演劇学教授に任ぜられ、昨年までその地位にあった。その彼が退官最終講義のなかで、「批判攻撃するほどのケンブリッジ英文科は、じつは存在しなかったのだ」という意味の発言をしている。牙を抜かれた老いたる獅子の繰り言とも聞こえるし、逆にその獅子にケンブリッジ英文科がなめられたようにも聞こえる。しかしどこかで深く真実をついた発言であることは、まちがいない。

とはいえ、体質はなかなか変わらないはずである。オックスフォードにくらべて、つねに進取の気象に満ちた印象を与えるケンブリッジの英文科は、同時にいつまでも「紳士の学府」であり続けるだろう。それが看板であり、限界である。そして内外の英文学研究者を、ひきつけ、いらだたせる。とりわけ「英語＝英文学《イングリッシュ》」が、絶対の輸出競争力を誇るほとんど唯一の商品になってしまった昨今の英国だから、ケンブリッジ英文科の栄光と汚辱は、いっそう複雑な陰影を東洋のわれわれにまで投げてくるように思われるのである。

考えれば八〇数年前のあのとき、漱石がケンブリッジにさそわれ、そしてそれを見捨てたのは、視野の片隅でその限界をとらえたためではなかろうか。彼もまたみずからすすんで、一人のアウトカーストになったのかもしれない。

（名古屋大学教授）

（一九八四年十一月号掲載）

内と外からの夏目漱石

斉藤恵子

雑誌『理想』がこの三月号に夏目漱石特集号を出した。その際、最近十余年間の漱石研究の動向を紹介するよう依頼されて、「漱石研究の現状」を書いた。一九七七年にも、私は漱石研究文献を批評する機会があり、それからおよそ十年近く、ちょうどその続きを書いた形となった。これで漱石没後、現在に至る漱石の読まれ方を概観したわけだが、あらためて感じたことは、漱石の文学は国民のいろいろな層の人々から絶えず読まれてきていると同時に、時代が進むにつれて、文学以外の領域でも深い関心の対象とされて、文化文明史、思想史、美術史あるいは精神医学や心理学の観点からのすぐれた研究が、漱石像をより鮮明にし、彼の現代的意義を明らかにしていることである。かりに「現代文学における夏目漱石の運命」を考えてみれば、漱石は稀に見る仕合わせな作家の一人ではないだろうか。『理想』の特集号は、いくつかの新聞の書評欄で言及されていた。議論をよんでいる論文もある。私個人の許にもいくつかの反響があり、思いがけないご助言やご教示を頂いたりした。それらのうち、ここでは中国での漱石と、漱石と池田菊苗をめぐって書きたい。

偶々、私はこの四月に中国から招かれて日本事情や文学について講ずることになっていた。「夏目漱石の生涯と文学」もその題目の一つであったので、『理想』の仕事は、その大変よい準備となった。欧米とは違って、漱石が今日の東アジアの人々の関心をひく理由は、その文学よりもまず、西洋近代文明の重圧下でその対応に苦慮した知識人としてであるようだ。『理想』特集号に、北京大学の日本文学教授劉振瀛《りゅうしんえい》氏の「漱石と私」という一文が載っていた。五十年前に来日して日本文学を学び、漱石の中では、思想の新しさからも言語芸術の面からも、『猫』と『坊っちゃん』を最も好むという劉氏によると、今日の中国で親しまれ大事にされている日本作家は漱石と有島武郎だそうだ。中国では上海の復旦大学、上海外国語学院、大連の遼寧師範大学で漱石について話をした。いずれも国の重点大学に指定されている大学で、聴衆は日本語科の上級学年である。復旦大学で副主任の先生との事前打ち合わせで、学生は既にみな漱石について一通りの知識をもっていますときかされた。漱石に関心があるのは、彼が西洋からの影響を大きく受けて文学を創造し、外来の思想と自国の伝統の問題を真剣に考えたからで、その点では森鷗外も同じだが、漱石のほうが自分達の参考になる普遍的な要素があるということであった。上海外国語学院では、比較文学についてききたいという要請があったので、この学問の概略を話した後で、西洋から多くを学ぶ運命にあった近代日本とその文学が、比較文学を必要とする歴史的な必然性にふれ、その一例として漱石の場合を説明した。英国留学の途上、漱石達留学生の一行は、上海に立ち寄った。上海外国語学院は、日本に留学した魯迅の墓と記念館がある虹口公園の近くにある。その記念館で前日に見た漱石の写真のことから、話は自然に、共に先進国への留学生であったこの二人のかかわりへと及んでいった。副主任の先生が、今や自分達も比較文学の視点から中国の歴史と文学を見直す時期に来ているとしめくくられた。この学院の日本語科の先生方は、今日の日本でも珍しいくらい格調高い日本語を話されたが、偶然にも劉振瀛先生のお弟子さん達であった。遼寧師範大学では、主任の先生から、私さえ大丈夫なら、二時間ぶっ続けに話していただいて結構です。学生達は集中して聴きますからと言われて驚いた。中国の重点大学はほとんどが全寮制で、娯楽の少ないこの国では、自習室や図書館で深夜まで灯が消えないという。進学率からみても、その意識、恐らくその志の高さの点でも、ちょうど日本の明治時代の大学生に共通するものがあるのではないだろうか。重い使命感を抱いて当時の最先進国イギリスへ赴いた官費留学生夏目金之助の精神の軌跡は、贅言を費やさなくても、砂地に水がしみこむように感じ取ってもらえたような気がする。今後、ある程度のゆりもどしはあっても、この国の近代化への潮流を逆流させることは難しいであろう。少なくとも外に向って開いた国民の眼は、最早閉ざされるまい。いつかその近代化が爛熟して、そのもたらすひずみに直面する日もあろうか。その時にも漱石が顧みられ、その文学が人々の心の琴線にふれるであろうか。

有斐閣の五巻本『講座夏目漱石』は、七十名を越す執筆者数からも、その専門領域の多彩さからも、この十年間の漱石研究の一大集成である。この第一巻に、経済史の竹村民郎氏による、「科学と芸術の間―池田菊苗と夏目漱石の場合―」がある。池田菊苗は、旨味調味料（味の素、グルタミン酸ナトリウム）の発見者として知られているが、すぐれた化学者で、漱石の『文学論』執筆に大きな刺戟を与えたといわれる人である。菊苗は漱石のイギリス留学中、明治三十四年五月五日から六月二十四日まで漱石の下宿に同宿して、大いに意気投合し、同八月末の菊苗帰国まで親しい交友を続けた。カーライル博物館を訪れたのもこの池田菊苗と一緒である。漱石の菊苗評価は、「頗る立派な学者」「見識のある立派な品性を有している」「偉い哲学者」「御蔭で幽霊の様な文学はやめて、もっと組織だったどっしりした研究」をやろうと思い始めた、などの漱石自身の言葉から充分に察せられるが、竹村氏は菊苗の側に比重を置いて、自然科学者でありながら、漢学、英語をよくし、哲学・文学・歴史にも通じていた菊苗の生い立ちや生育環境を探り、ドイツ留学からイギリス王立協会へ来た菊苗と漱石との出会いの事情、二人を共鳴させた精神形成史の親近性を説き明かしている。池田菊苗は、学問があまりに専門分化しない時代の、綜合的教養を備えた知識人の一典型で、漱石が「池田氏議論　哲学　人生　文学　詩」とメモに書き残したのも成程と首肯される。漱石の二年間の英国留学を前半から後半へ質的に転換させた存在として、池田菊苗の人柄や業績を知る重要性は、岡三郎氏（青山学院大学教授。『英語青年』一九八四・八）が指摘されており、私も菊苗についてもっと知りたいと思ってそのことを『理想』に書いた。

このテーマについて、早速、化学者・廣田鋼蔵大阪大学名誉教授から、『旨味の発見とその背景

―漱石の知友・池田菊苗伝』（非売品一九八四・三）を贈呈された。近代化学史を研究中の廣田氏の池田菊苗に対する関心は長年にわたるもので、既に一九七八年、この『學鐙』に「漱石と池田菊苗との交遊資料」を発表されている。実は、『理想』に執筆する前にこの本は出版されていたのだが、全く私自身の手ぬかりから気付かなかったのである。ここにお詫びすると共に、ご教示に深く感謝する。廣田氏は専門家の立場から池田菊苗伝を目指され、明治期の日本化学界の状況を背景にして、池田菊苗の研究業績とその位置付け、当時の海外留学の意味、ドイツ留学の実状とイギリスの滞在目的、師事したドイツのオストヴァルト教授の学問とその系譜、それに科学上の自己本位としての旨味の発見の事情を考察され、横糸に漱石とのかかわりが組み合わされている。漱石に対する菊苗の寄与だけでなく、漱石からの菊苗への寄与にも関心がはらわれている。化学の専門家が読めばまた得るところが大きい本だと思う。

池田菊苗の孫弟子にあたる立花太郎城西大学教授からは、「漱石の『文学論』における科学の意味について」（城西大学研究年報　一九八五・三）をお送り頂いた。竹村、廣田両氏によって、池田菊苗像が点から線へとつながったとすれば、立花論文は、漱石と菊苗との一致点を、きわめて具体的に明らかにしてくれた。既に岡三郎氏が、漱石の留学中の関心が文学から他の領域に広がる転換点に Pearson（ピアスン）という科学者の The Grammar of Science（科学の文法）という本の購入（明治三十四年九月十八日）をあげ、菊苗の蔵書に、同年一月に購入された同じ書があるところから、ピアスンを漱石にすすめたのが菊苗であろうと推論されているが、立花論文は、『文学論』にみられる漱石の科学観と、漱石が依拠したと思われるピアスンの原文とを対照して考察し、その推論を裏付け、実証している。イギリスの科学者カール・ピアスン（一八五七―一九三六）を今は知る人も少ないが、ケンブリッジでの講義をまとめた『科学の文法』は、近代科学の意味や概念を平易に説いた啓蒙警として当時広く読まれた。漱石は、文学の存立基盤を心理学や社会学を援用して追求したが、一方で文学を科学とは対立したもの、別の役割をもったものとしてとらえ、ある現象が如何にして（how）生じたかを説き得ればそこで科学者の仕事は終るが、文学者の仕事は綜合的に物事をとらえ何故（why）の領域にまで及ぶものと考えた。「科学は how を問うが、why を解かない」という当時の科学観を、漱石は菊苗経由でピアスンから得たと立花氏は判断しておられる。漱石は、『科学の文法』に、「自分なら科学と文学との関係をもっと明快に説き得るだろう」と英文の書き込みをしているところからも、立花氏の言われるとおりだと思う。菊苗と漱石のこうしたつながりの実相は、立花氏のような科学史に明るい方にして始めて見抜けるものであろう。勿論、科学の進歩は日進月歩で、二十世紀の科学観では、科学は how のみならず why をも解き得るものである。しかし立花氏の言われる如く、明治の知識人の西欧科学的思想の受容を具体的に示す資料としても『文学論』中の科学観は考察に値するものだと思う。

文献批評とは、下世話に言えば他人の褌で相撲を取るようなものだといつも内心忸怩たる思いで仕事をするが、今回のように実のある反応を手にし、自分の知識の空白を埋めたり、より深い理解の手がかりを与えられたりする時には、殊更、冥利につきるの感を深くするのである。

（共立女子大学助教授）

（一九八五年一〇月号掲載）

（現在は大妻女子大学名誉教授）

漱・鷗　並び立つ

小島憲之

今年は、「七日正月《なのか》」までそわそわしていた。それは、まだ袖ふれあわぬ他生の縁というべきか、濠州東部の或る大学のマリア女史の来駕予定があり、待つ身の不安感のためである。女《おんな》先生は漱石の漢詩を英訳しようとして目下来日中。漱石の作品について殆ど知らないわたくしも、日本人の「漢詩」という文体《ジャンル》ならばいくばくかの助言もできようかと、ひそかに思っていた次第ではあるが。

いきなり、わたくしの側から、現行の漢和辞典に対する信用の度合、未標出語についての処置の仕方など、むつかしい質問を試みる。たとえば、「暗愁」という漢語は、清代の『佩文韻府《はいぶんいんぷ》』にも、わが諸橋『大漢和辞典』にさえもみえない。この語の意味をどのように考えるべきであろうか。しかし「暗《あん》」が何という理由もなく、言い知れぬ不安定な意を含むものとすれば、「暗愁」は、この「暗」をもつ憂愁といえよう。古典語でいえば、「そこはかとなき憂《うれへ》」とでもいってもよい。とっさに思い浮かんだのが、"uncertain" "unreasonable" であったが、これは素人の思い付き、英訳にはなるまい。要するに英訳に先立って、まず「暗」や「暗愁」の語例の検討より出発するのがよかろう、などと余計な口をたたく。用例を調査するなど全く泥臭いことではある。しかし詩人ならぬわたくしには直感的に漱石の漢詩の気分を捕えることは不可能である。やはり十年一日の如く基本的より進むべきなどなど、いい気になってしきりに口外に吐き出す。加えてわたくしという白首の残年書生のもつ眼付《がんつ》きの悪さは彼女をいよいよ萎縮させる。小寒の午後の一齣。「暗愁」に関聯して、「閑愁」（「閒愁」）の語がある。漱石の漢詩、

剣上風鳴りて殺気多く、枕辺雨滴《したたり》りて閑愁を鎖《と》ざす　（明治二十八年五月「無題」）

遥かに断雲を望みて還《ま》た躑躅《てきちょく》し、閑愁尽くる処暗愁生ず　（大正五年九月「無題」）

は、それである。「閑愁」については、『佩文韻府』や諸橋『大漢和辞典』が晩唐・宋代の例をあげるのは、中国語学側でいう「中世語」より「近世語」に移る頃に出現しはじめた語といえよう。後者の『大漢和辞典』は、この語を「そぞろにわきおこるうれひ」と注する。しかしこの注の意味がどうしてそうなるのか、わたくしにはよくわからない。漱石が「閑愁尽くる処暗愁生ず」とうたう以上、「暗愁」に先行する憂愁が「閑愁」当たることは確かである。しかもまた「かすかな気がかり」とみる注も思い付きとみなすよりほかはない。『佩文韻府』の示す北宋欧陽修の「詞」の中の、

雨ふりつつ晴れつつ花自ずからに落つ、閑愁閑悶日の偏《ひとえ》に長し　（試訳）

を例にすれば、閑居、閑暇などの際に起る物思いが「閑愁」である。「閑」は暇でもあり、のどか、静かな状態でもあり、そうした際におこる心の憂愁《ものおもい》が「閑愁」といえよう。愁のない心の状態が「閑情」であり、それが変じて「閑愁」となろう。『漱石詩注』（岩波新書）の注に、「むだな物おもい」とみえるのも、「閑」の意の一面を把握したものといえる。

この「閑愁」という詩語は、中国の詩にそれほど多くの例をみない。ここで漱石がこの「閑愁」の語を知った出処はどこであったか、わたくしはいらぬことに興味をいだく。その一つとして近世・幕末明治の詩人たちの書斎には必ず鎮座ましました作詩啓蒙書の一つ、『(精選唐宋千家) 聯珠詩格』を思い出す。それは唐宋の詩人たちの名高い詩を作詩の例として選んだものであり、その和刻本は当時のわが詩人群の作詩を指導する。今はなき碩学、東洋学の神田喜一郎先生が、「小学生の頃からこれを愛読した」と洩らされたことがあるが、大正生れのわたくしは十年ほど前に漸く机上にそなえた次第。時代の進行はかえって「あや」の道を後退させがちである。

やはりこの『聯珠詩格』に、「閑愁」の例は存在していたのである。方端仲（宗人か）「仲秋の月」の、

人門秋に辜負《こふ》すること多少《いくばく》ぞ、半ばは是れ閑愁半ばは酔眠　（第三、四句）

は、それである。この句は、秋にそっぽをむけることはどれほどであろうか（どれほどとも知れないほどだ）、半ばは「閑愁」にひたり半ばは酔眠しているこの状態、といった意。漱石と「閑愁」との逢会はまずこのあたりにあろう。

しかしこの『詩格』の一例のみによって、漱石がこの語の使用を試みたと断定するにはやはり不安がある。実は、近世以来明治初期にかけて刊行されたわが国の漢詩集は少なくなく、それらには必ずといってよいほど「閑愁」の例をみる。その二、三をあげよう。

一渓占断《せんだん》して閑愁に慣《な》る、秋は老ゆ西風浅水の頭《ほとり》　（『文政十七家絶句』柏木如亭「芦花」）

一つの渓谷《たにま》を占領《しめ》て咲き常に静かなもの思いにふけるかの如き芦の花。この「閑愁」は芦の花のいだくもの思い、擬人化である。

藍川の隄上千絲《せんし》の翠《みどり》、閑愁に振触す又《また》一春　（同、梁川星巌「柳」）

柳のみどりの糸が旅人を送る作者の「閑愁」に触れる柳の春の情景。

独り閑愁有り消ゆること盡きず、虫声併《とも》に在り雨声の中

（『天保三十六家絶句』朝川善庵「雨夜虫を聞く」）

雨の音なう夜に虫の声を聞く作者の尽きぬ「閑愁」。また同じく善庵の「詩情一段水よりも清し、閑愁を惹起して月明に対す」（「秋夕寐られず」）は、秋の夜の閑静の中に起る物思いである。

漱石はわずか二百二十首あまりの漢詩の中に、「閑愁」など「閑」に関する漢語を多く使用する。閑花・閑葉・閑雲・閑居・閑処・閑庭・閑中・閑暗などは、「閑何」の例で、「閑」を頭にかぶせた聯語。また「閑《かん》を遣《や》る」「閑に乗ず」「閑を得」「閑に写す」「閑に落つ」などの「閑」は、名詞の例。この「閑」は閑静、閑寂、餘閑などの意で、漱石の好んだ語といえよう。幕末ごろ流行したこの「閑愁」も彼にとって受容することは容易であった。「閑愁」は「暗愁」と共にわたくしどもにはやや縁遠い。しかし明治大正の詩人漱石にとっては親しい詩語であり、「閑」を愛した彼にふさわしい語であった。

漱石の詩のうち、最も古い例は、

故国の烟花空《むな》しく一夢《いちむ》、耐えず他郷閑愁を写すに

（明治二十二年五月作）

であろう。これは、友人正岡子規の「七艸集《しちそう》」の詩評として、末尾に添えた漱石の九首の詩の第一首目に当る。他国にある思いに耐えきれず、独居生活の閑静の中におこるもの思いを詩にものす

る、の意。「そぞろにわき起る愁」「かすかな気がかり」といった注は、雰囲気は摑んでいても「閑」の意は十分に示されていない。やはり「閑愁」をめぐる用語例の抽出より出発する必要があろう。漱石という名山に登ってその山上の眺望をほしいままにするためには、何をすべきか。まず出発点として基礎の地固めをすべきである。

森鷗外の漢詩の素材も、同時代の文人である漱石とあまり変らない点をもつことが予想される。これに関して、長らく解き得なかった詩句を思い出す。それは鷗外の佳作『独逸日記』の末尾を飾る「詠二伯林《ベルリン》婦人一七絶句」其七の「露市婆」（Hoekerin, 露店いちの老婆）の七言絶句である。筑摩書房版の訓には誤があり、わたくしなりの試訓を示そう。訓は解釈の一つでもある。

家に餘財を積みて児《こ》は読書す、老来《ろうらい》笑ふことを休《や》めよ門閭《もんりょ》に立つを　（第一・二句）
鍾鳴《しょうめい》十二竿燈《かんとう》暗《くら》し、一⿱竹隊の腥風鮑魚《せいふうほうぎょ》を売る　（第三・四句）

この詩の前半は、余財もあり、子供に教育もさせた婦人が、老年になって町の入口の門のあたりの露店であきないをする、その経歴を述べたもの。第二句の「休レ笑」は、鷗外の「笑いたもうな」という第三者に呼びかけた発言であって、「笑を休《や》めて」という老婆の動作ではない。後半は、街燈も暗くなった町で魚貝類の乾物を売る実景である。しかし結びの「一⿱竹隊の腥風《なまぐさかぜ》」の「一⿱竹隊」の意が明らかでない。類似の文字をもつ例、「一篴《てき》（笛の意）の風」「一篷《ほう》（船にかける苫《とま》）の風」などは、近世・幕末明治の詩によく使用されるが、鷗外の「篨」も恐らく名詞であろう。しかも寡聞にして用例発見できず、むなしく空白の時を過すのみ。

最近ふとひらいた机上の『聯珠詩格』、「閑愁」の場合に同じく、「篨」に類似する例が目を射る。それは、寇国宝「寺壁に題《しる》す」の詩の

黄葉西陂《せいは》水漫《ゆた》かに流れ、籧篨風急にして扁舟を送る　（第一・二句）

であった。「籧《キヨ》」は竹で編んだむしろ、アンペラの類である。恐らく鷗外はこのあたりに暗示をえたのではなかったか。つまり「籧」の「しんにゅう」を省略して、或いは誤解して「篨」の字に当てたのではなかろうか。つまり、「籧」すなわちこの「篨」は露店のアンペラ類であり、その上を吹く乾物のなまぐさい風が「一篨の腥風」である。なお「腥風」は幕末明治の詩に例が少なくない。これで一応「露市婆」の詩は解けたように思う。

しかし露店に立つ老婆の詩はこれで終るべきではない。この一首を眺めるとき、なお更に鷗外に暗示を与えた詩が存在していたのであった。それは漱石の場合にもあげた如く、近世漢詩集の一つ『文政十七家絶句』である。これを繙くうちに、柏木如亭の詩「画に題す」に出逢う。如亭（文政二年一八一九没）は、江湖社に属する江戸後期の代表的な詩人、その詩は左の如し。

路を行き読書するは吾輩《わがはい》の事、風裁何ぞ必ず前賢に減ぜん。老来画を学ぶに君笑ふことを休めよ（休レ笑）若《も》し金翁に較《くら》ぶれば十年少《わか》し。

この如亭の詩「題レ画」の内容は鷗外の詩「露市婆」の内容とは異なるが、その表現語句は、傍点の如く両者の類似点を否定し得ない。尤もこの如亭の詩を初めて読んで鷗外の詩が生れたというよりは、この『文政十七家絶句』をいくたびとなく繰り返し読むうちに、或いは如亭の『如亭山人藁』（初集）を読むうちに自ら暗記され、この「露市姿」の作詩に当って、鷗外の詩心の片隅に如亭のこの詩句が残存していたというべきであろう。なお明治十五年（一八八二）二月、当時二十一歳の青年鷗外が徴兵副医官として公用の旅に出遊、その日記を文学的にまとめた『北遊日乗』・『後北遊日乗』がある。その中の随処にみえる漢詩、特に北国の港町新斥すなわち新潟附近の詩に、如亭の詩を学んだ跡が一、二に止らない。拙稿「出遊する鷗外（「国語国文」第五十巻十号）参照。鷗外の「露市婆」の詩に、如亭の詩の影が映っていても不思議ではなかろう。

このようにみると、漱石・鷗外の両人には、明治大正の詩人として、読むべき詩集はほぼ共通していた部分が多かったといえる。これは如亭の如き文化文政の江戸の詩人さえも、やはり『聯珠詩格』を愛読し、その結果は、巧みな『訳注聯珠詩格』となって現われたのである。漱石・鷗外が同類の素材の上に並び立つことは当時の詩人の一般でもあった。しかも両者はそれぞれ自身の道を強くあゆむ。漱石の漢詩を全体として眺めるとき、禅語的表現を多く交え、心的精神的なものを含み、いわば天才的なひらめきをもつ表現も多い。これに対して、鷗外の漢詩は、丹念に且つ着実に先行する諸詩集を愛読し、絶えず優等生の詩をものする。天才的な詩がよいか優等生的な詩がよいか、それは各人の好みに属する。それにしても、両者の用いた詩語については、いちいちの検討から出発すべきであろう。明治の漢詩を論ずるには、文学史の面からみて、只今開拓中というよりほかはない。「閑愁」という一語でさえもわたくしは満足すべき説をみたことがない。

「閑愁」あるいは「暗愁」など、漱石の詩語がどのように英訳されるか、困難と不安とがからむ。それをいち早く除くためには、わたくしなど素人の発言を無視しても、漱石学者はまず詩語の解明を急務とする。女先生より贈られた濠州産のワイン「タルマン」の瓶口を開けて、その芳香に酔い痴れるのは、いつの日であろうか。

（国文学者、大阪市立大学名誉教授）

（一九八六年四月号掲載）

漱石と天文学者　木村 栄

小山慶太

　明治四四年（一九一一年）七月五日、帝国学士院による第一回の恩賜賞授与式が、上野の森で行われた。晴れの栄誉に輝やいたのは木村栄《ひさし》博士（臨時緯度観測所所長）、授賞理由は、「地軸変動の研究特にZ項の発見」である。これは、明治の日本が世界に誇る数少ない科学業績のひとつであるが、今となっては馴染みの薄い読者も多いかと思うので、まずその内容をかいつまんで紹介しておこう。

　地球は、自転軸のまわりを一日周期で回転している。ところが、その形状や質量分布が軸に関して完全には対称になっていないため、時間とともに自転軸の指す方向が変化していく（コマの首振り運動のような現象が起きるわけである）。この可能性を初めて理論的に予測したのは、十八世紀の数学者オイラーである。その後、十九世紀の末になって、ドイツのキュストナーとアメリカのチャンドラーが恒星の位置観測を行い、実際に地球の自転軸が動いていることを発見したのである。ということは、当然、緯度も変化しているわけである。

そこで、万国測地学協会は、同一緯度（北緯三九度八分）上にほぼ等間隔となるよう六つの地点を選び、一八九八年（明治三一年）から翌年にかけ、国際的レベルで緯度変化の組織的な観測を行うことを決定した。日本にも、水沢（岩手県）に観測所が設置され、その任に当たったのが木村栄である。

こうして一年間の共同観測を終え、各地点でのデータが集計されたところで、ひとつ困った問題が生じた。それは、当時用いられていた緯度変化を表わす式に当てはめてみると、他の地点に比べ、水沢の観測値が大きな誤差を示したことである。万国測地学協会中央局長をつとめるドイツのアルブレヒトは、誤差の原因を、日本の観測技術の未熟さによるものと考え、地軸変化の計算に際し、日本のデータの信憑性を欧米の半分にしか見積らなかった。この処置は、日本の科学水準が低いとみなされたのに等しく、我が国にとって大変屈辱的な出来事であった。責任者であった木村の心痛も大きかったことであろう。

ところが、間もなくして、事態は一変した。各地点のデータを詳しく分析した木村は、従来用いられていた緯度変化の式に新しい補正項を加えると、すべての国の観測地――もちろん日本のものも含めて――が、みごとに式と一致することを発見した。つまり、日本の観測技術が未熟だったのではなく、使われていた式の方が不適当だったわけである。

木村の論文が一九〇二年（明治三五年）、ドイツの『アストロノミッシェ・ナッハリヒテン』とアメリカの『アストロノミカル・ジャーナル』に相前後して発表されると、補正項――これはZ項あるいは木村項と呼ばれるようになった——の発見は、国際的にも高く評価されるようになった。

欧米に対し、いったんは肩身の狭い思いを強いられた経緯を考えると、当時の日本の科学界が木村の発見を、どんなに喜んだか想像に難くない。また、苦境に追い込まれながらも、観測値と計算の食い違いを粘り強く解明した木村の姿に、明治の日本人の気骨を見る思いがする。したがって、木村が学士院恩賜賞の第一号授賞者となったことは、まずは穏当な人選と言えるであろう。当時の『東京朝日新聞』（明治四四年七月五日〜七日）を見ると、連日にわたり、木村の恩賜賞受賞が大きく報道されているのがわかる。

ところで、それから一週間後の七月一四日、同じ『東京朝日新聞』に、設立されたばかりの恩賜賞制度にかみつくような一文が発表された。「文芸欄」に掲載された夏目漱石の「学者と名誉」がそれである。

漱石は、「木村項の発見者木村博士の名は驚くべき速力を以て旬日を出ないうちに日本全国に広がった」という書き出しで筆を起こした後、新聞の報道を通して、一般社会の関心が、科学者とその優れた業績に集まったことは、学問のためにも木村博士のためにも、まずは喜ばしいと述べている。

ところが、そう前置きした上で、漱石は学士院が行った学問の褒賞制度に対し、厳しい批判を展開している。その論旨を要約すると、次のようになる。

今回の恩賜賞授与によって、科学の世界とは縁遠い一般の人々の前に、突然、木村博士の存在が、輝きをもって浮かび上ってきた。しかし、スポットライトを浴びるのは一人木村博士だけで、他の科学者の存在は今までどおり完全に無視されたままである。このように、学士院が特定の人物のみに絶対の優越性を与え、他をないがしろに扱うのは、道義的にみても不公平のそしりを免れない、というわけである。

ここで念のために断わっておくと、漱石は決して木村栄個人を批判しているわけではないし、もとより、木村項の発見を低く評価しているわけでもない。その業績には敬意を払いつつも、学士院の科学者に対する取り扱いに疑義を呈したわけである。そして、「学者と名誉」は、次のように結ばれている。

学士会院が栄誉ある多数の学者中より今年はまづ木村氏丈を選んで、他は年々順次に表彰すると云ふ意を当初から持つてゐるのだと弁解するならば、木村氏を表彰すると同時に、其主意が一般に知れ渡るやうに取り計ふのが学者の用意と云ふものであらう。木村氏が五百円の賞金と直径三寸大の賞牌に相当するのに、他の学者はたゞの一銭の賞金にも直径一分の賞牌にも値せぬやうに俗衆に思はせるのは、木村氏の功績を表するがために、他の学者に屈辱を与へたと同じ事に帰着する。

このように、文学者である漱石がわざわざ科学にまつわる話題を取り上げ、厳しく論評したきっかけには、その直前、漱石自身にふりかかったいわゆる「博士辞退事件」がある。

明治四四年二月二十日、文部省より漱石のもとへ、突然、文学博士号を授与する旨の通知が届いた。これに対し漱石は、「小生は今日迄たゞの夏目なにがしとして世を渡つて参りましたし、是から先も矢張りたゞの夏目なにがしで暮らしたい希望を持つて居ります。従つて私は博士号の学位を頂きたくないのであります。」という有名な手紙を文部省に送り、辞退を申し出たのは、よく知られるとおりである。

ところが、文部省の方でも、一度発令した内容を取り消すことはできないと返答してきたため、両者の見解が対立したまま、話は妙にこじれてしまった。こうした文部省の一方的な態度に不快の念を押えきれなかった漱石は、同年四月十五日、『東京朝日新聞』に「博士問題の成行」を発表、博士制度のもたらす弊害――学問が少数の人間の専有物と化すおそれ――を憂いている。

漱石の同様の主張は、その直後政府が文芸院を設立し、官選の文芸委員を任命しようとしたことへの批判にも現われている（「文芸委員は何をするか」明治四四年五月）。こうして見てくると、論じている話題――恩賜賞、博士、文芸委員――は異なるが、その基調には、漱石の根強い反骨精神が貫かれていることがよくわかる。芸術や学問の世界にお上が権威を振りかざして介入し、ごく一部の特権階扱をつくり出そうとすることを、漱石は、徹頭徹尾嫌ったのである。

ところで、博士辞退は漱石自身の問題であるから、自分の主義を通すことに他人がとやかく口出しする必要はない。また、文芸委員の件は、文学者である漱石にかかわりの深いことである以上、一家言あるのも理解できる。しかし、天文学者に与えた学士院恩賜賞となると――漱石が反権威主義の姿勢を貫こうとしたのはわかるが――、いささか事の性質を異にする。

少なくとも「学者と名誉」の一文に関しては、漱石の反骨精神がやや勢い余って、本質的な問題を論ずるより、筆がレトリックに走りすぎてしまったという印象を受ける（それだけ、博士問題で頭にきた興奮が、ちょっとやそっとではおさまらなかったということかもしれないが）。したがって、引用文にある最後の結論も、いささか強引にもってきた感なきにしもあらずである。

さきほど述べたように、木村の業績は欧米の学術雑誌を通じて広く知られるようになった。そして、明治四三年（一九一〇年）木村は日本人として初めて、英国王立天文学会の会員にも推挙されている。

という具合に、明治後期の日本には、少ないながらも、国際舞台で活躍する科学者がぽつぽつと誕生し始めたわけである。そういう時代背景を考えると、欧米における評価だけに依存するのではなく、国内でも自信をもって日本人科学者を表彰しようという気運が盛り上ってきたことは、自然な成り行きだったと言える。

かつて漱石は、ロンドンから寺田寅彦に宛てた手紙の中で、「学問をやるならコスモポリタンのものに限り候。……僕も何か科学がやり度なつた」（明治三四年九月十二日）と綴り、文学にはない自然科学の魅力について語ったことがある。学問の性格がコスモポリタンならば、表彰される業積も、コスモポリタンの視野に立って評価に耐えるものでなければならない。したがって、思賜賞の制定は、日本の科学がようやくコスモポリタンの世界の仲間入りをするようになった証ともみなせる。

もちろん、思賜賞を制定したおかげで日本の科学が発展したなどとは、誰も思うまい。ただ、日本が欧米の水準に近づこうと努力する過程の中で、たとえば思賜賞のような褒賞制度を導入する動きが出てきたことは、それはそれで、学問の自然な歩みの一環と言える。木村栄の受賞は、個人の枠を超え、科学を通して見た日本近代化のひとつの現われだったのである。

（こやま・けいた　早稲田大学教授）

（一九八八年六月号掲載）

漱石のサイン

大谷泰照

ロンドン南西部のチェルシーは、古来、トマス・モア、ジョナサン・スウィフト、ジョージ・エリオット、D・G・ロセッティなど数多くの文人・画家が好んで住んだ土地として知られる。そのチェルシーのテムズ河畔からチェイン・ロウを北へ数十メートル入ると、右側に赤レンガ四階建ての「カーライルの家」がある。トマス・カーライルがロンドンへ出てきた一八三四年から、「チェルシーの哲人」と呼ばれ、一八八一年に亡くなるまで住んだ家である。

夏目漱石はこの「烟突（えんとつ）の如く四角な家」を訪れてあの「カーライル博物館」を書いたが、そのなかで、訪問者署名簿の「前の方を繰りひろげて見ると日本人の姓名は一人もない」「日本人でこゝへ来たのは余が始めてだ」と記している。それ以来、漱石は「カーライルの家」を訪ねた最初の日本人と広く信じられるようになった。

遠い日本から、最近は群をなしてやってくる見学者たちが、そろいもそろって漱石のことばを鵜呑みにしているのをみて、この家の現在の管理人パトリシア（ホールフォード・ウォーカー夫人）

はずいぶんいぶかしく思った。日本人は、なぜこうも簡単に小説家のことばを真に受けてしまうのだろう。漱石自身、はたしてあれだけの署名簿を実際に点検したのだろうか。「カーライルの家」の一般公開は、カーライルの没後一四年目の一八九五年七月からであるが、漱石のロンドン到着はその五年後の一九〇〇年一〇月のこと。とすれば、ひょっとして一人くらいは漱石よりも前に来た日本人がいないとも限らないではないか。そう思ったパトリシアは、一九八四（昭和五九）年八月も末のある夜のこと、わざわざ当時の来訪者署名簿を引っぱり出して、実際に自分の目で確かめにかかった。

ところがどうだろう。調べてみると一人どころではない。いるわいるわ。翌朝、早速連絡を受けて出向いた筆者に彼女が興奮気味に示したメモによれば、なんと少なくとも七人の日本人と思われる見学者がすでに来ているではないか。古びた大型の分厚い皮装の署名簿に残るサインは次の通りである。

1899　Aug. 7　Y. Otsuka　Tokio
　　　Sept. 29　Takane　Tokyo, Japan
　　　Dec. 18　Taichiro Nakao　80, Gower Street, W. C.
1900　Feb. 13　Y. Isobe 礒邊彌一郎　Tokyo, Japan 日本東京人
　　　June 5　Prof. Dr. Y. Tsukamoto　Imperial University Tokyo Japan

Aug. 29　Kintaro Oshima　Sapporo Japan
Nov. 19　Tadasu Yoshimoto　Japan

最後の Yoshimoto のサインは署名簿の五六二ページにあるが、それから九か月後の六一一ページに、いまやインクの色もすっかりあせた次のような漱石の筆跡がみえる。

1901　Aug. 3　K. Ikeda.　South Kensington
　　　　　　　K. Natsume.　〃

姓だけで名がなかったり、イニシャルだけのものもあるが，しかしこれらのサインの主は、当時の海外留学者記録や、渡邊實『近代日本海外留学生史』などからみて、ほぼ以下の日本人であったと考えて間違いなさそうである。

大塚保治（一八六八―一九三一）群馬県出身。のちに東京帝大教授となり、わが国における学術的美学の創建者といわれる。一八九六（明治二九）年三月より一九〇〇（明治三三）年四月まで、文部省留学生として独・仏・伊各国へ留学中であったが、一八九九年の夏休みを利用して訪英している。

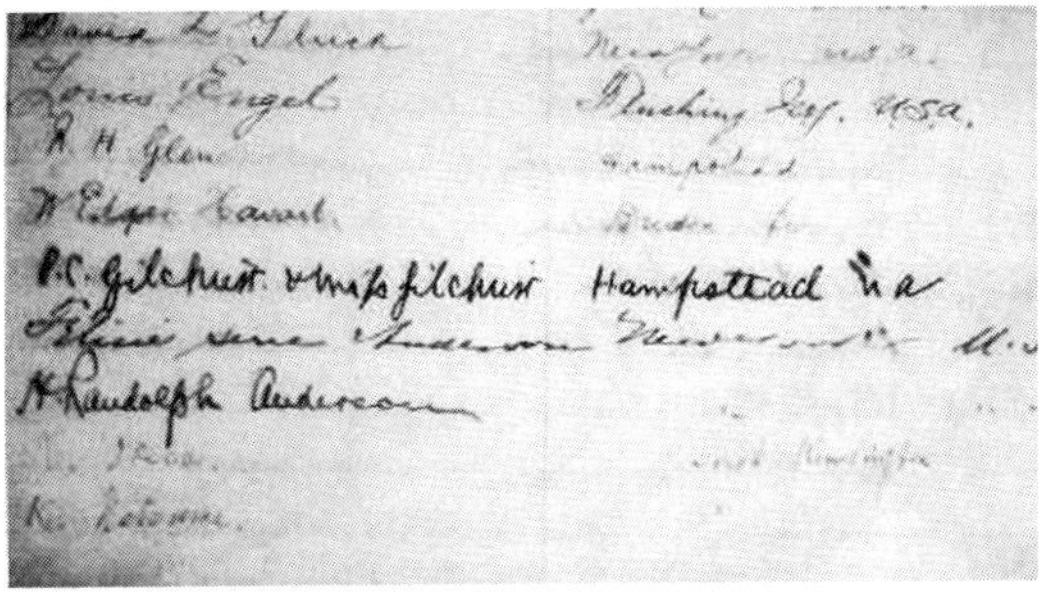

「カーライルの家」訪問者名簿の漱石のサイン（岡三郎教授のご好意による）

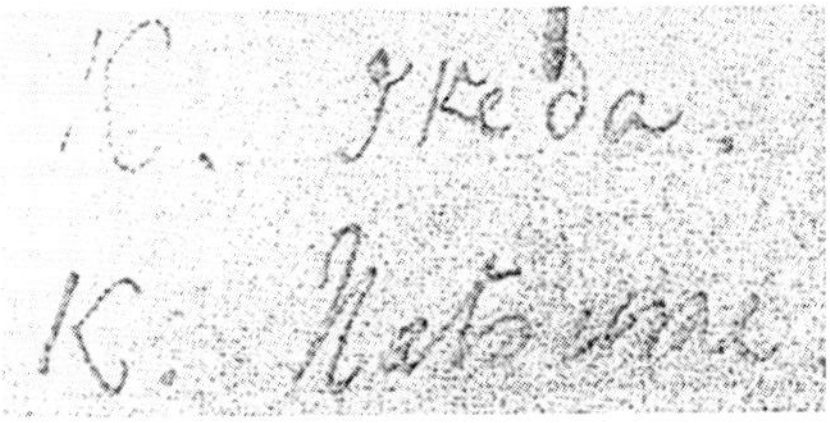

上図の拡大

高根義人（一八六七―一九三〇）福岡県出身。のちに京都帝大教授となり、商法学者として知られた。一八九六（明治二九）年から一九〇〇（明治三三）年三月まで、文部省留学生として英・独に留学中であった。

中尾太一郎（一八六一―没年不詳）佐賀県出身。一九〇七（明治四〇）年軍医学校教官となり、一九一四（大正三）年には軍医総監（海軍少将）に就任している。一八九八（明治三一）年から一九〇〇（明治三三）年三月まで英国留学中であった。

磯邊彌一郎（一八六一―一九三一）署名簿には「東京人」と書

いているが出身は大分県。明治・大正・昭和初期の英語学者・英語教育家として知られる。『中外英字新聞』を創刊して英語の普及につとめた。一八九九（明治三二）年に渡英している。

塚本靖（一八六六―一九三七）京都府出身。のちに東京帝大教授となり、わが国建築学の権威といわれた。一八九九（明治三二）年五月より一九〇二（明治三五）年一一月まで、文部省留学生として英・仏・独・米の諸国へ留学中であった。

大島金太郎（一八七一―一九三四）長野県出身。札幌農学校、東北帝大、北海道帝大、台北帝大の教授を歴任した農芸化学者。当時は米・英に留学中であった。

好本督（一八七八―一九七三）兵庫県出身。一橋高商を卒業後、当時はオックスフォード大学に留学中であった。帰国後は早稲田大学で英語を教えた。

池田菊苗（一八六四―一九三六）鹿児島県出身。のちに東京帝大教授となる。化学者で、昆布の「うまみ」成分を突き止め、その製法を発明して世界的な調味料にしたことで知られる。昭和六〇年、特許制度百年を記念して選ばれた「日本の十大発明家」のなかにも入っている。

池田は一八九九（明治三二）年より二年間、文部省留学生としてドイツに留学したが、一九〇一（明治三四）年五月には英国に渡って、五、六月の二か月間漱石の下宿に同居した。漱石はこの「頗（すこぶ）る博学」な人物から大いに啓発されて『文学論』の著述を思い立ったと述べている。

日記によれば、八月三日の当日、クラパム・コモンの下宿を出た漱石は、当時サウス・ケンジントンに住んでいた池田を訪ね、昼食を共にしたあと二人で「カーライルの家」の見学に出かけている。来訪者署名簿に二人の名前が並んでいるのはそのためである。

すべては以上で明瞭であろう。「カーライル博物館」が一九〇五（明治三八）年、『學燈』一月号誌上に発表されて以来八〇年。その間、日本人のほとんどだれも疑ってみることさえしなかった漱石の「カーライルの家」訪問日本人第一号という神話は、このようにして漱石の名声などに頓着しない覚めた目のイギリス人によって、文字通り、一夜にしてあっけなくくつがえされてしまった。

それにしても、すでにこれだけの日本人が、しかもよく目立つ漢字入りのサインまで残していたにもかかわらず、漱石がもしもそれにまったく気づかなかったとすれば、なんとも不可思議というほかはない。さらにこの七人が、その後漱石の書いた「カーライル博物館」を読まなかったとはとても思えないが、漱石の親しい友人の大塚保治をはじめだれひとりとして、自分のほうが先だと言いださなかったのも、いかにも日本人的というべきかもしれない。

さらに、この七人のほかに、一八九五（明治二八）年の「カーライルの家」一般公開以前にも、一八八八（明治二一）年には植村正久（一八五八—一九二五、千葉県（一説に東京）出身。日本のキリスト教会の形成に大きな役割を果たした神学者、思想家）が、そして一八九〇（明治二三）年には新渡戸稲造（一八六二—一九三三、岩手県出身。農学者、教育家で第一高等学校長、東京帝大教授、国際連盟事務次長をつとめ、著書『武士道』で知られる）がすでにこの家を訪ねていることが、田代和久、松村昌家両教授の調査で判明している。

しかし考えてみると、すでに一八九二（明治二五）年にはロンドンにロンドン日本協会が発足して、当時、ロンドンには少なくとも数百人の日本人が滞在していた。カーライルの人気もおよそ今日の比ではなかった。とすれば、漱石以前に九人程度の日本人の訪問者があったとしても、それは少しも不思議なことではあるまい。むしろ逆に、日本人の訪問者がそれほど少なかったということ、そしてその九人のなかに一人の外交官も一人の実業家もなく、そろって研究者・教育者ばかりであったことのほうがはるかに興味深く思われる。

漱石は「カーライル博物館」のなかで「余は倫敦（ロンドン）滞留中四たび此家に入り四たび此名簿に余が名を記録した覚えがある」と記している。しかし、これはまた漱石のことばにもかかわらず、実際に訪問者署名簿に残る彼のサインは一九〇一年八月三日以外には見当たらない。しかも、これさえも漱石自身のサインであることを疑う声が強い。たしかに小宮豊隆は『漱石襍記』のなかで、「この署名は、どう考へて見ても、先生自身の筆蹟ではないのである……是らは恐らく池田菊苗さんの筆蹟であるのに違ひなかつた」と言いきっていて、今日も広くそう信じられているようである。

しかし、管理人のパトリシアは、漱石のことばでさえも鵜呑みにしてはならないことを身をもって教えてくれたはずである。彼女にならって、その小宮のことば自体もあらためて点検してみてはどうであろう。

まず、K. Ikeda と K. Natsume のサインは、どうみても明らかに同一人の筆跡である。K の一風変わった字体といい、そのあとのピリオドの筆圧といい、イニシャル K とそれに続く姓との間隔といい、姓のあとに申しあわせたように、ピリオドをつけている点といい、文字の大きさといい、筆勢といい、これほどまでの類似は別人ではとうてい考えられないものである。これは、同じページのその他のサインを見比べてみると、いっそうはっきりする。

さて、これを小宮のいうように池田菊苗の筆跡と考えるとすれば、いかにも不自然な点が目立つ。たとえば、岡三郎『夏目漱石研究』第一巻（国文社）所収「写真資料九」の池田菊苗のサインと比較してみるとよい。字体がかなり違うのである。K や d なかでも I の書き出し部分の特徴は、単なる字体の違いというよりも、書き手そのものの違いをよく示しているように思われる。

ところが、問題のサインの字体を、たとえば、そのわずか二日前の八月一日に漱石が書いた英詩'Life's Dialogue'の原稿と比べてみるとどうであろう。漱石の特徴ある I, S, d, th などの字体はサインの文字とぴったり符合することがわかろう。とくに大文字 S は漱石独特のものである。

また、たとえば、ロンドンから鏡子夫人にあてた第一信のサインや封書の表書きをみるがよい。Nats ume とかすかに分かち書きされているところまで、署名簿にあるサインそのものではないか。この特徴に注目すれば、署名簿にみる池田の名前もまた Ike da とかすかに分かち書きされていることに気づこう。これは、池田にはみられない漱石の筆癖である。'Life's Dialogue'の原稿や鏡子夫人への手紙が池田菊苗の代筆でもないかぎり、「カーライルの家」の問題のサインは、小宮の確信に満ちたことばにもかかわらず、漱石自身の筆跡と断じてよいと思われる。

（関西大学教授）

（一九八七年一二月号掲載）

（現在は大阪大学名誉教授）

「學鐙」を読む（7）
――佐久間信恭と鷗外・漱石・敏――

紅野敏郎

「學鐙」六十周年記念号（昭和三八年一〇月五日）の巻頭に福原麟太郎が「明治、大正以来の外来文化史―総目録を見て―」という一文を寄せている。そのなかで内田魯庵編集以後のきわだった特集として「十九世紀に於ける欧米の大著述に就ての諸家の答案」をとりあげると同時に「佐久間信恭」について次のように述べたひとくだりがある。

私ども英学のものからいうと、この年佐久間信恭という、私などがやっと覚えている昔の英語の大家が、「英語学及英文学研究に必要なる参考書目」（五十八号）「沙翁全集の第一版に就て」（六十四号）「英語字典及び一般参考書」（六十五号）「文法書解説」（六十六号）を寄せていることで、これはこんどこの総目録が出るまで英学関係の人は忘れていたのではないかと思う。佐久間先生の英語練達ぶりについては面白い話がいくつもあるがここには略す。とにかく当時の「押しも押されもせぬ」大家であった。

私たち国文学関係のものがこの「総目録」を眺めて、おやこの人は、という思いをすぐに抱かされるのも、「佐久間信恭」なる人物である。「五十八号」「六十四号」「「六十五号」「六十六号」はすべて一九〇二年（明治三五）の「學鐙《ママ》」である。

四回にわたって掲載された「十九世紀に於ける欧米の大著述に就ての諸家の答案」にはだれしも注目するが、それと関連しあいながら「學鐙《ママ》」誌面を埋めていた「佐久間信恭」の英学についての文献的仕事に立ちもどってみる必要があるのではあるまいか。福原の口調は静かだが、その指摘の奥には「佐久間信恭」への敬愛と愛着、それをバネにしての公憤が伝わってくる。

一九〇二年の「學鐙《ママ》」には「佐久間信恭」のみならず、実は森鷗外（林太郎の署名）も「ヂュー《ママ》リング氏の著書目録」（六十四号）「前号のヂュウリング氏著書目録に就いて」を寄稿していたのである。「佐久間信恭」と「森林太郎」が六十四号、六十五号においては、あいならんでいるという風景、しかもともに文献的仕事という点では等価といっていい。

さらに一九〇三年（明治三六）に至ると、上田敏の「チェムバレン氏の十九世紀論（二号）、「沙翁書史」（臨時号）とつづき、森林太郎の「前に投寄せし独逸文献書目の補遺訂正」（第六号）も掲げられる。その間を縫って「卯庵主人（魯庵）」の「ヂッケンス研究の重なる書目」（一号）「サッカレイ研究に関する参考書目」（二号）なども登場する。一九〇四年（明治三七）になると、上田敏の「英国現代の三詩人」（一号）、「荊渓生（魯庵）」の「一九〇三年英米出版の重要書目（上）（下）」（三号、四号）「露国研究の資料」（六号）「台湾書目」（七号）、長井金風の「満洲研究書目」

（五号）などが登場、そして一九〇五年（明治三八）には、夏目漱石（署名は金之助）の「カーライル博物館」（一号）、「カーライル博物館に蔵する遺書目録」（二号）の登場となる。「佐久間信恭」にあわせての、上田敏・森鷗外・夏目漱石の登場するこの前後の「學鐙《ママ》」は、延々とつづく「學鐙《ママ》」という山脈の、第一の峰の形成、と称することが出来る。

福原麟太郎は先の文につづいて「佐久間信恭と、ある意味で対立していたのが英文学の上田敏であった」と述べ、英文学への造詣の深さは「沙翁書史」という「『画期的な』書史」を生み、日本の「英文学の研究を数歩前進」させた、と位置づけている。このことは「學鐙《ママ》」は書物に関するエッセイ的な雑誌、書物随想という視点でのみ捉えてはならぬことを雄弁に物語っている。泰西文化の移入の窓口であると同時に、日本の学問研究のレベルアップにいかに寄与したかの証しがここに明白に見られる。さらにいうならば、文学そのものへの関心と、研究と書目（書誌）との幸福な一致がこの時期に確実にあったのだ。

鷗外も漱石も上田敏も然るべき個人全集が刊行されていること故、ここでは「佐久間信恭」関係の資料を掲げることにした。

一八六一年（文久元）四月十日、沼津に生れ、東京大学予備門を中退、札幌農学校を卒業、英語学者・英語教育者として活躍し、一九二三年（大正一二）五月一日に肺炎で死去した。

「佐久間信恭」の「略伝」は「英語青年」（大正一二年六月号）に掲げられている。私が「佐久間信恭」の名を意識したのは、大村嘉吉の『斎藤秀三郎伝』によってである。斎藤秀三郎の名はつとに著名、『広辞苑』においてもその記述はある。斎藤秀三郎が創設した「正則英語学校」の存在は、「明治女学校」の存在とともに、明治という時代のユニークさを如実に物語る。大村嘉吉の『斎藤秀三郎伝』には「正則英語学校の隆盛」の章が設けられていて、そこに「佐久間信恭」が出てくる。

「佐久間信恭」は各地の中学教師を経て熊本の五高の教授に転進、しかし漱石が五高に赴任した直後に退職している。「略伝」を掲げた同じ「英語青年」誌上の「片々録」で喜安璡太郎が「佐久間信恭」の人物像を次のように書き残している。

「佐久間氏は非常に無邪気で、老いたる子供であつた。氏は子供の如く感情を自然に発露して少しも控へることなかつた。それで至る処で衝突した。熊本時代初めはヘルンと同僚で親しくして居たが、遂に衝突して物も言はない様になり、夏目漱石氏が熊本に赴任すると間もなく佐久間氏は熊本を去つた。東上して正則に入つたかと思ふとすぐ斎藤氏と衝突する。国民（国民英学校）もすぐやめる。早稲田もすぐやめた。子供の如くパッと怒ると、何の考もなく、すぐやめて仕まうといふ風であつた。そしてどの英学者も佐久間氏の口にかゝつたら、台なしであつたが、唯井上十吉氏だけは推服尊敬して居た。」

非常な本好きで、東京の古本屋で佐久間の名を知らぬ者はなく、日本でメッツネルの英文典を買ったのも彼が最初といわれている。

晩年は新設された大阪外語学校の英語科主任となったが、「筆不精」で、「端書一枚」書かず、従って照会にも応ぜず、住所を変えても知らさなかった。

「英語学及英文学研究に必要なる参考書目」は、佐久間の指示に従い、編者が整理したもの、というコメントがはじめに記されているが、(一)の「語学及文学に関する書」一八〇点、(二)の「評釈校訂本及叢書」五十一点、(三)の「字典類書及一般参考書」十七点、(四)の「雑書」十三点、合計二六一点の書目は、当時の英語学、英文学研究の状況把握にきわめて有益というべきであろう。その領域の今日の専門家にお聞きしたいことも多々あるが、私などのようなものでも、Brooks, S. H. The English Poets from Blake to Tennyson などはふとかいまみてみたい気がする。ブレイクの研究はやがて「白樺」の柳宗悦などを通過し、寿岳文章に至るが、その発端のところでこの「佐久間信恭」の掲げた書物がどのように作用したか、確めてみたい衝動すら生ずる。

「佐久間信恭」の本領は「沙翁全集の第一版に就て」などにおいて遺憾なく発揮されているといえよう。沙翁没後の四部の全集をあげ、その The First Folio の特質に言及する。

「現今沙翁全集は非常の廉価に購はれ得べきを以て、全集の総べてが然らむと思ふもの多かれど、実は然らず、其の完璧のもの即ち原版に至りては驚くべき程高値に値ひせらるゝものなり。

偖て其の完全なものは至りて少なけれど、これには其の表題と共に Droeshout の筆に成る沙翁の肖像を掲げ、尚ほ第一葉目には Ben Johnson の詩を記載す、而して所謂不完全のものには此の肖像及び詩無く、其他省かれたる点いと多し、併し後ちに至りて詩画を補載し出版せるものも亦尠なからず。」

この種のことは私たちが作家の個人全集を検討したり、またその編集に携わるときでも、全集の歴史、その変遷をつぶさに押えておかねばならぬことでもあり、すでに常識となっているが、この当時においてはほとんどそれに意を払わなかったに違いない。

「当『学燈』儀は本年以後全く編輯の組識を一変し専らビブリオグラフヰーを主とし及ばずながら読書界に貢献致す計画仕候処幸ひに江湖知名の諸博士及び諸大家の賛助を得たれば当夏以後は益々奮って広く材料を蒐集して追々と改良し終には読書社会の好伴侶たらしめん事を期し候に就き大方諸君は其微志を汲んで御愛読を忝ふし且つ御高教を賜はり度候」

この「社告」にのっとり、「ビブリオグラフヰー」のありようを示す典型として「佐久間信恭」が起用され、さらに鷗外の「ヂュ《（ママ）》ーリング氏の著書目録」が二度にわたって執拗に示され、魯庵とともに大陸文学の目録集を作成、ついで上田敏の「沙翁書史」に至ってピークに達する。鷗外は一九〇二年一月には荒木しげと結婚、しげを連れて小倉にもどったが、三月には小倉第十二師団軍医部長より第一師団軍医部長となり東京にもどり、六月には上田敏らと「藝文」を創刊、九月には『即興詩人』を春陽堂より刊行、十月には「万年艸」を創刊。この時期の一連の仕事の群れのなかでの「ヂュ《（ママ）》ーリング氏の著書目録」の位置はやや居心地が悪そうに見える。普通の「年譜」の類にはこの仕事は記されていないし、鷗外全集のなかでは、「雑纂」扱いとなっている。しかし鷗外にとってはこれは「訂正追加」もするほどの楽しき仕事であったと想像される。

ここで特筆大書しておくべきは一九〇三年（明治三六）五月の「臨時号」の存在である。その目次を次に示しておく。
古代文字の復活　坪井正五郎
沙翁書史　上田　敏
机辺閑話　露伴迂人（幸田露伴）
支那文字の起原とその構成方法　久保得二（久保天髄）
コローの作画　魯庵生
陳列場—（先づ如何なる書を備ふべきや）　善六（内田魯庵）
英訳大陸文学之栞　学燈子（内田魯庵）
Zusammenstellung Wichtigster Erscheinungen im Gebiete der modernen Novellistik und Dramatik. von Rintaro Mori（森鷗外）

坪井正五郎・上田敏・幸田露伴・久保天髄・内田魯庵・森鷗外、なんという豪華なメンバーであることか。その豪華なメンバーが記すところはすべて書物、書史、書誌、書目に関する、きわめて地味にして着実、高度な学識を背景にしての仕事ばかりなのである。『丸善百年史』のなかでも、すでに木村毅がこの「臨時号」の意義を次のように力説している。

この筆者より一世代前にうまれ、明治三十年前半期の文壇を、身をもってくぐりぬけてきた先輩たち（たとえば千葉亀雄、高須芳次郎など）は、よく口をそろえて云っていた。その頃の諸雑誌のなかで、特別号を出して強い印象をとどめたのが二つある。一つは「反省雑誌」の夏期付録

（明治三十一年八月発行）で一つは「學鐙」の臨時特別号《（ママ）》（明治三十六年五月発行）であると。

（中略）

といって、その内容はひどく差異がある。「反省雑誌」は、西本願寺の機関誌としての平常の宗教的薫染をこの特別号ではすっかり洗い落し、まったくの文芸号として、露伴、柳浪などの諸大家の小説、大学出て数年の高山樗牛、大町桂月などの新星を中心に、色刷りとして正岡子規の俳句、与謝野鉄幹の和歌、国木田独歩の新体詩など、頁数を惜しまず満載した。子規は「ホトトギス」を始めたばかりであり、鉄幹はまだ「明星」を創刊せず、独歩に到っては、新聞記者上りで、小説家とも詩人ともつかぬ無名文人に近いものだった。……」

いうまでもないことだが、この「反省雑誌」はのち「中央公論」となる。これと「學鐙」の臨時号を比べると、前者は「文芸」の趣味、後者は「ビブリオグラフィー」の内実に徹していて、その差異は歴然としている。差異が対照の妙を発揮しているが故に、鮮明な記憶として残ったに違いない。

鷗外の場合は次号に「補遺訂正」もなされている故、この時期の「學鐙」には四度登場することになる。ハウプトマン、ズーデルマンはじめイプセン、ビヨルンソン、トルストイ、ツルゲーネフ、ドストエフスキー、ゴールキー、チェホフ、シェンキウィッチ、ゾラ、メーテルリンク、ダヌンチオ、キップリングの作品など「大陸文学」全般にあいわたっている。アメリカ文学では、ポウやブレット・ハートがわずかであるが採りあげられている。「ドイツ語で新しく発行された小説物語と戯曲類、ならびにドイツ語以外の創作から翻訳した書物も含めた、ごく新しい目次表」である。完璧とか均等とかの配慮はあまりせず、大局的見地から思いつくまま、あるいは手もとにあるものを一挙に掲げたと思える。つまり欠陥は承知、という姿勢である。この鷗外の書目と魯庵の「英訳大陸文学之栞」を眺め、これらを種本として活用したであろうと思える作品がやがてわが国の文壇に輩出する。木村毅のいうようにこの「大陸文学」の「流入」が「日本の思想史を大きく廻転」させたのであり、この「起動力」が鷗外・魯庵の書目であった。六十周年記念号の「學鐙」の「総目次」では、魯庵の「英訳大陸文学之栞」のみ掲げられていて、どうしたことか鷗外の書目は明示されていない。（目次にはなく本文にあり）『丸善百年史』のほうでその補いが十分になされ、木村毅は「臨時号」の意義は、この二人の「大陸文学」の目録に集約されるとまで語っている。鷗外全集の「雑纂」のところに挿入するしか処理の方法はなかったのであろうが、その価値はきわめて甚大、というふうに考えたい。

信州小諸にいた島崎藤村の花袋宛の手紙にも、丸善に立ちよって、イプセン、トルストイ、ハウプトマン、ゾラ、モウパッサンなどの著書を「御見立て」の上買ってほしいとしたためられていた。

上田敏の「沙翁書史」は「門末あるいはその崇拝者たちが、わが国では六十年後の今日といえども、これ以上の沙翁書史は出ていないと推称して措かざるもの、たしかにそれは過称でも溢美の言でもない」と木村毅によって位置づけられているものである。「沙翁書史」は、

一、刊本　(一)四折本　(二)二折本　(三)詩集　二、伝記　三、肖像　四、地志　五、辞書
六、索引　七、言語　八、評釈　九、註解　十、翻訳　十一、会報　十二、出典　十三、雑書
十四、書史

より成る。木村毅は「じつはこの筆者など、教室に坪内逍遙の講義をきき Quarto（逍遙はクォートと発音していた）だの Folio だのという言葉が出ても、それから生ずる字句の差異の説明には、ほとんど注意を傾けなかった。また Variorum だの Farness の集注だのと聞いても、手のとどかぬ高嶺の花として聞きのがしたが、学窓を出て、たまたまこの雑誌の古書を入手し、それらの説明をよんで、さてはそういう意味をもったのかと、後になって悟った始末である」と述懐している。私たちにしても、学生のときはたしかに文庫本一冊精読すればよし、というようなたかぶりがあったが、個人全集の編集などの仕事にタッチすると、草稿、原稿、初出誌、初版本、再版本、その他いずれも必要で意味があり、本文校訂の重要さにあらためて気づかされる。上田敏はこの「沙翁書史」作製の折も佐久間信恭の教示を受けたことが記されている。佐久間の「沙翁全集の第一版に就て」がやはり刺激の第一弾であったというべきであろう。

荒正人の『漱石研究年表』の一九〇四年（明治三七）十二月十九日の項に、

東京帝国大学文科大学で、午前十時から十二時まで Hamlet を講義する。

皆川正禧・若月保治（紫蘭）来る。坪内逍遙『新曲浦島』を読む。『倫敦塔』脱稿する。（この後、続いて『カーライル博物館』を書いたものと思われる）

とある。「カーライル博物館」は十二月下旬に脱稿、翌年一月十五日発行の「學鐙《ママ》」に掲載される。実は一九〇五年（明治三八）一月こそ漱石文学の始動開始の年であった。『吾輩は猫である』の第一回が「ホトトギス」に、「倫敦塔」が「帝国文学」に、そして「カーライル博物館」が「學鐙《ママ》」、これが文学者漱石の誕生の具体的な姿である。「ホトトギス」と「帝国文学」との縁はすぐに察知出来るが、「學鐙《ママ》」との縁はどこからであろうか。英国留学中は金銭のゆとりがなく「下宿」に「籠城」し、「蝿の頭」のような小さい字をノートに書き、勉学につとめた。留学費の多くは本代。帰朝後も丸善で洋書をしきりに買い、その支払いの額は大学の月給より大きくなり、鏡子夫人は大いに困ったという。「學鐙《ママ》」への原稿はたぶん原稿料と本代との関係に因るものかも知れない。

「倫敦塔」も「カーライル博物館」も留学土産の作品だが、その質はまったく異なっている。「倫敦塔」の内部には、すでに小宮豊隆によって指摘されているような「詩的幻想」が充満している。しかし「カーライル博物館」は「厚化粧」の文章ではなく、きわめて「淡白」な文章で、題材自体も「學鐙《ママ》」にふさわしい。カーライルはすでにこの世を去っているが、彼の住み古した家屋敷は昔のまま残っているし、有志家の発起で「彼の生前使用したる器具《ママ》調度図書典籍を蒐めて之を各室に按排し好事のものには何時でも縦覧せしむる便宜」がはかられている。漱石のロンドン留学中の日記（明治三四年八月三日）に「午後 Cheyne Road 24ニ至リ Carlyle ノ故宅ヲ見ル頗ル粗末ナリ」とある。「後ろの部屋にカーライルの意匠に成つたといふ書棚がある。夫に書物が沢山詰つて居る。六づかしい本がある。下らぬ本がある。古びた本がある。読めさうもない本がある。」「夫から二階へ上る。こゝに又大きな本棚が有つて本が例の如く一杯詰まつて居る。」と漱石は書く。漱石は四度この博物館を訪れている。よほどの興味があったからであろう。「カーライル博物館に蔵する遺書目録」が翌二月の「學鐙（ママ）」に載ったのも「學鐙（ママ）」の特色を十分に考えての処置であった。

「カーライル博物館」には、漱石のオーバアではないユーモアがほのかに漂っている。「四千万の愚物と天下を罵つた彼も住家には閉口したと見えて、其愚物の中に当然勘定せらるべき妻君へ向けて委細を報知して其意向を確め」ている「天に最も近く人に尤も遠」いと信じた四階の屋根裏の書斎にたてこもったが、「下界の声」は「呪の如く」彼を追いかけてくる。ここで描かれたカーライルの像は、漱石みずからの存在ときわめて近似しているではないか。機械的に口上を述べる案内の婆さんも、日本の名所旧跡にしばしば見かけるような人物である。この「カーライル博物館」の掲載は、のちの「學鐙」に頻出する良質の随想の先駆といってよかろう。広がりと深みを持った作品が「ビブリオグラフヰー」の要素とともに併存する誌面がここから生れたのである。カーライルの「蔵書目録」をもあわせ示したところに、一人二役の仕事をいそいそと果した漱石の姿をかいまみることが出来る。

（こうの・としろう　早稲田大学教授）

（一九八九年七月号掲載）

グラスゴウ大学日本語試験委員・夏目漱石（上）

加藤詔士

スコットランドのグラスゴウ大学。一四五一年創立というから英国で四番目に古い伝統があるこの大学は、日本語を入試選択科目に認めるという歴史をもっている。しかも、その最初の試験委員が夏目金之助（漱石）であったというから興味深い。漱石が英国に留学中の明治三四（一九〇一）年のことである。

もっとも、入試といっても、正確にいうと資格試験（Preliminary Examination）であって入学試験（Entrance Examination）ではない。当時の学則第六条第一項に「すべての資格試験に合格しなければどのクラスの出席者も卒業の資格はない」とあるように、短期の留学でなく、本科生となって学位を取得しようとすれば、卒業までに資格試験の全科目に合格しなければならないというものである。

この資格試験は人文科学（Arts）、理学（Science）、医学（Medicine）についておこなわれ、合同試験委員会（Joint Board of Examination）の管理・監督の下、大学理事会（University Court）

が任命する学内および学外の試験委員によって実施された。合同試験委員会は総勢一六名で構成され、その構成員はスコットランドの四大学（グラスゴウ、エディンバラ、アバディーン、セント・アンドリュース）の各理事会が、自大学からそれぞれ教授・講師二名および学外委員二名ずつを選出したものである。

日本語資格試験制度は、そもそも福沢三八（福沢諭吉の三男第八子）の申し出に端を発している。三八は明治三三（一九〇〇）年慶應義塾大学の文学科三年を中退し、林董が英国公使として赴任するのに同行して渡英。グラスゴウ大学に入学していたが、入学後、資格試験の選択科目に日本語を採用するよう大学当局に申し出たものである。一九〇〇年度の入学登録証（九九番）によれば、この年度、彼は一年間一ポンド一シリングの入学料を支払い、自然哲学（普通）および数学（中級）の受講を申請している。

当時、所定の課程を修めてグラスゴウ大学を卒業しようとするばあい、年に二度、秋季と春季におこなわれる資格試験で、次の四科目に合格することが課せられていた。すなわち、一・英語、二・ラテン語もしくはギリシャ語、三・数学、四・ラテン語もしくはギリシャ語（いずれかが未修であれば）、フランス語、ドイツ語、イタリア語、力学のうちのひとつ、である。そのさい、志望する学科によっていろいろな合格水準が決められたり、自分の得意科目を生かして入学資格をうることができる、などといった配慮がなされてはいた。また、「英語」の学力は英語を母国語としない者のばあい合同試験委員会が認めた程度でよい、などという緩和規定もあった。けれども、この資格試験は日本人留学生にとり、きわめて難関であり、苦痛の種であったようだ。

ちなみに、主な科目の試験内容を示すと、まず、「英語」といっても文法、作文のほかに文学、地理学、歴史学をも含んでいた。一九〇〇年の試験のばあい、文学はW・シェークスピアの戯曲『リチャード三世』、W・M・サッカレイの小説『ヘンリー・エズモンド』、W・スコットの物語詩『ユーミオン』についての一般的知識が、地理学は世界地理の一般的知識と大英帝国の地理についての専門知識が、そして、歴史学は一六〇三年（スコットランドとイングランドの王室統合）から一七〇七年（両国の議会合併）までのスコットランド史、ならびにイングランド史についての概括的知識が、それぞれ問われることになっていた。

「ラテン語」は文法、ラテン語作品から英語への翻訳、英語文からラテン語への翻訳を含み、「フランス語」は文法、文学、平易な言語学問題、仏文英訳、英文仏訳を含んでいた。

「数学」のばあいは、初級では算数（常分数・小数・比例・百分率・平方根・単利計算）、代数（分数・因数・平方根・一次方程式・連立一次方程式・簡単な二次方程式・これらの方程式に係る諸問題）、幾何学（ユークリッド幾何学第一・第二・第三巻、簡単な演繹）を、上級では、初級の内容に加えてユークリッド幾何学（第四・第六・第十一巻の第二十一定理まで）、演繹、二次方程式、三角法から三角形の解法までと対数表の活用を、それぞれ含んでいた。また、「力学」には機械学の一部門である運動学、動力学、静力学、静水力学が含まれていた。

明治期のグラスゴウ大学日本人留学生は理工系の留学生が多かっただけに、前記の受験科目のうち数学と力学はあまり問題なかったが、どうも英語に苦労したようだ。やや時代は下るが、一九一六年にグラスゴウ大学の理学士号を取得したある留学生は、「外国語と歴史には全く参つて了つた。英語は何も外国語と思つて居ないから撰択制にはなつて居るが、仏独か希臘羅典の内、一課目を撰めといふのである。歴史は範囲を縮めて英国史だけと謂ふ事になつて居るけれども是を短時間の内に無論、英語にて書かねばならぬ。正直の処、此二課目には全く閉口した。」と回想している。「一生を通じて此の資格試験(Preliminary Examination)程難しくて苦しめられた試験は外に無かつた」ということである。(葛良修『隠忍二十有幾年』私家版、一九五八)

福沢三八が問題にしたのは、前記の資格試験科目のうちの第四科目についてであった。フランス人、ドイツ人、イタリア人なら第四試験科目に定められた科目のうち母国語を選択することができるというのに、日本人留学生のばあいはこれができないという点で不利であった。この点を突いて日本語試験の実施という条件緩和を申し立てたものである。

福沢が条件緩和を申し出た時期は、入学後最初の資格試験にあたる一九〇〇年秋季試験以後のことであろうし、翌一九〇一年の一月頃からグラスゴウ大学文書に関連の記録があらわれている。そのうち、同月二四日付で教授会(Senate)の事務官ウィリアム・スチュワートが大学理事会の書記官アラン・E・クラパートンにあてた書簡には、福沢三八の申し出に応えて条件緩和をする理由として、「(一)英国に最近到着したばかりの外国人学生であるので、彼は資格試験について本学が求める条件を準備するために、本国の学生と同じ機会をもたないこと」、および「（二）彼は資格試験の数学を高得点で合格したので、現在受講中の数学クラスと自然哲学クラスの授業の成果を吸収するにふさわしい教育を受けてきていることを立証した」ということがあげられている。

日本語を選択科目にという福沢の発案が具体化するにあたっては、ヘンリー・ダイアーの支援をうることができた。ダイアーはグラスゴウ大学を卒業後、他のスコットランド人教師たちとともに日本政府から招聘され、林董に引率されて来日、明治六年から十五年まで工部大学校（東京大学の前身）の都検（教頭）として工学教育の基礎作りに活躍したことのあるお雇い教師である。当時はグラスゴウ・西部スコットランド技術カレッジの理事やグラスゴウ市教育委員などの要職にあるかたわら、日本とスコットランドの交流と親睦を推進することに活躍していた。

日本語資格試験という、日本人留学生に対する緩和策の実現を支援するため、このとき、ダイアーは資格試験を管理・監督する合同試験委員会に働きかけをしたのだった。これをうけた合同試験委員会は、審議の結果、「日本人学生が自然科学の資格試験で、フランス語もしくはドイツ語に代り、日本語ないし中国語を選択できることを満場一致で承認し」、その旨の書簡をダイアーに送付している。福沢はその書簡を大学理事会に提出し、フランス語もしくはドイツ語の代りに、日本語によって資格試験を受けたいという意志を表明したのだった。以上のことは、一九〇一年二月七日の教授会において報告されている。

ダイアーは合同試験委員会の承認を取りつけたのだけれども、大学の教学に関する最高議決機関は各大学の教授会であった。グラスゴウ大学理事会の書記官も「この件を処理する権限は合同委員会にはなく、学則一四八号第一項により、かかる代替を認める権限は教授会にある」ということを、右記の二月七日の教授会の席上で明確に指摘している。そこで、これを受けた同大学の教授会は、審議の結果、「日本人が本年の理学の資格試験における第四試験科目として、日本語をとることを認めた」のだった。そして同時に、大学理事会（大学の管理行政一般に関する最高機関）に対し、間近かに迫った春季試験の試験委員の任命や試験の実施など必要な措置をさっそく講ずるよう、要請したのである。

資格試験の規定が改訂されたことは、学生に対しても周知された。『グラスゴウ大学要覧』のばあいは、一九〇一年度版から、日本語が（スペイン語とともに）あらたに資格試験科目として認められたということが明記されている。また、日本語、スペイン語、およびこれまで認められていた六ヵ国語（英語、ラテン語、ギリシャ語、フランス語、ドイツ語、イタリア語）以外の外国語での受験希望者は、「春季試験については二月一日以前に、秋季試験については七月一日以前に、教授会まで通告するものとする」という一節が追加されている。

（かとう・しょうじ　神戸商科大学教授）

（一九九二年三月号掲載）

（現在は愛知大学教授、名古屋大学名誉教授）

グラスゴウ大学日本語試験委員・夏目漱石（中）

加藤詔士

大学当局は資格試験の第四試験科目として日本語を認めることにしたものの、試験委員を誰にするのか、選任し確保するまでにかなり難航した。

教授会の要請を受けると、大学理事会はさっそくグラスゴウ在住の日本通にかけあって情報を集めているが、そうした日本通のひとりにアルバート・リチャード・ブラウンがいた。

彼は長期間在日していた体験があり、駅逓局内で海運業務に従事したり、日本郵船会社のゼネラル・マネージャーとして活躍したりしていた。一八八九（明治二二）年六月一四日以来、グラスゴウ駐在名誉日本領事をつとめ、日本とグラスゴウのきずなを強め交流の実を増進すべく支援し続けていた。市内ウェスト・ジョージ通り三四番地にあって、日本郵船会社および東京海上保険会社のグラスゴウ代理店業務を委嘱されてもいた。

一九〇一（明治三四）年二月二六日、そのブラウンに打診すると、すぐ翌日の二七日付けの書簡で、「現在このまちには一三人ほどの日本人が住んでいますが、彼らが試験委員にふさわしい資格があるか否か私はまったく存じません」と応えてきた。この返書は氏が鉄工・機械業者のG・マクファーレン等と組んで設立したA・R・ブラウン・マクファーレン有限会社の用箋を使用し、タイプライターで作成されているが、その裏面には、鉛筆でのなぐり書きがみえる。人選依頼にかかわるメモであり、三人の個人の名前や住所も認められる。どうもDr. Dyer, Katsujiro Hiranoそして Mr. Arakawaと読める。誰が最適任か分らないとの返答をもらったものの、大学当局はさらに尋ねこんで、試験委員の候補者かあるいは候補者の推薦依頼をする人物を聞きだしたものであろう。

そのうち、最初のDr. Dyerとは前出のH・ダイアーのことと思われる。日本におけるお雇い教師の体験をもち、グラスゴウに帰ってからは、日本で工学教育の組織化を試みたという体験を生かして母国スコットランドの技術教育を振興すること等に傾注していた。また、『大日本、東洋の英国』（一九〇四）や『世界政治のなかの日本』（一九〇九）などと題した著書にやがて結実することになる、異質文化体験者ならではの日本論を精力的に発表しはじめていたのだから、とうぜん彼も日本通のひとりとして意見を求められたのであろう。当時、彼はグラスゴウ大学の近くにあるドヴァンヒルのハイバラ・テラスに住んでいた。

次のHiranoとは、前出のA・R・ブラウン・マクファーレン会社の日本人駐在員であり、市内のバリントン・ドライブ二四番地という住所が書き添えられている。

最後のMr. Arakawaは、当時、在ロンドン領事館の一等領事（明治三五年一〇月一日総領事館に昇格後は総領事）であった荒川巳次を指すのであろう。鹿児島県出身で、明治一三年に工部大学校を卒業（鉱山科第二等及第）し、工部省鉱山局、日本鉄道会社を経て外交官に転身、ロンドンに赴任していたのだった。工部大学校の第二期卒業であっただけに、ロンドンに赴任するや、ダイアーをはじめ工部大学校時代のお雇い英国人教師たちは、「孰《いず》れも非常に喜びて天長節等には孰れも兼ねて貰ゐ居る勲章を附け欣々然として総領事館に来訪して歓を尽されたり」と荒川は回想している。

右の三人のうち、試験委員を委嘱されたのは荒川であった。グラスゴウ大学の『理事会議事録』（一九〇一年三月一四日）には、

「理事会はロンドン市ビショップゲイト通り八四番地の日本総領《マ》事《マ》M・荒川……を、次回の資格試験の日本語試験委員に任命した」

とある。『教授会議事録』（同年三月二一日）にもこれと類似の記録があるし、その翌日の二二日になると、大学理事会のクラパートン書記官は荒川にあて次のような文面の書簡を送っている。ここから、日本語試験の程度と内容がだいたいどのようなものであったかうかがうことができる。文中にある日本語試験を申し出た日本人とは福沢三八のことであろう。

「志願者は、入学に先立ち、次の諸科目の資格試験に合格しなければなりません。（1）英語、（2）ラテン語またはギリシア語、（3）数学、（4）現代語のひとつ。

ヨーロッパ諸言語以外を母国語とする志願者がいる場合には、その志願者は上記（4）の現代

語を母国語で代替しても構いません。

いま日本人志願者が一人受験を申し出ていますが、彼は上記の規程に従って、日本語が現代ヨーロッパ諸言語の代替に認められるでしょう。そこで、本学理事会は、貴殿を来る四月二日に行なわれる試験の日本語の試験委員に任命いたしました。

学則に記されている現代語の試験基準は次のとおりであります。

『フランス語、ドイツ語、イタリア語に含まれるのは、文法、文学、簡単な言語学の問題と、フランス語、ドイツ語またはイタリア語から英語への翻訳（ただし、その際の著者はあらかじめ指定されていない）、および英語からフランス語、ドイツ語またはイタリア語への翻訳である。また、その程度は現在のスコットランド教育省の上級修了証書よりも低くあってはならない。』

これと同程度の日本語の試験問題を提出して下さい。採点のためにグラスゴウに出勤していただくには及びません。

ご参考までに、以前のフランス語試験問題を同封しますので、ご覧下されば試験の必要事項がお分りになると思います。

手当は五ポンドになっています。」

ところが、荒川は、任命され、しかも上記のような試験問題作成上の具体的な指示まで受けとったものの、ほどなくして辞退してきた。どんな理由からか不明だが、ロンドン市内ストレタム・ヒルの郵便局からグラスゴウ市リージェント通り九一番地のグラスゴウ大学理事会書記官あてに電報をうち、「試験委員拝命の件、受諾しえず。遺憾（Sorry I am unable to accept your appointment to Examiner)」と詫びたのだった。その電報は七時二〇分に発信、一時間ほど後の八時一八分にグラスゴウで受信されている。受信欄には一九〇一年三月二七日に受信された旨のスタンプが押してあり、そのスタンプの郵便局番号は一五九とあるから、グラスゴウ中央郵便局が受信したことになる。同郵便局は今も市内ジョージ・スクェアの南、市庁舎のすぐ近くに建っている。

興味深いことに、この電報には上記の詫び文の後に、

「夏目教授の推薦可能なりや。返求む（Can I recommend Prof. Matsume, Reply soon)。」

という一文が続いている。原文ではマツメ教授と読めるが、彼こそ夏目金之助すなわち漱石にちがいない。当時、漱石は「英語研究ノ為二年間英国へ留学ヲ命」ぜられロンドンに在留中であった。荒川一等領事が送付したこの電報は、管見のかぎり、グラスゴウ大学試験委員・夏目金之助（漱石）の名前がでてくる最初のグラスゴウ大学文書である。

大学理事会および教授会は、荒川の推薦を容れて漱石を試験委員に任命することにした。三月二八日と四月一一日のそれぞれの議事録にその旨明記されている。そのうち、三月二八日の『理事会議事録』には、次のようにある。

「書記官は、日本総領《ママ》事から日本語試験委員の任命を受諾できないとの返事があった旨報告した。そこで、理事会は、東京大学教授で現在英国を旅行中の夏目教授を、今度の資格試験の日本語試験委員に任命した。」

グラスゴウ大学日本語学外試験委員・夏目漱石の誕生である。ただし、右の記述は少し補正する必要がある。周知のように、この頃、漱石は東京大学教授ではなく第五高等学校の教授であったし、また、旅行中ではなかった。例のスコットランドのピトロホリまで旅行し、しばらく逗留するのはもう少し後のことであって、それまで漱石はケンブリッジに出かけた以外ロンドンを離れたことがなかったと伝えられている。

　理事会の決定を受けて、クラパートン書記官は四月二日付で任命通知を漱石に送付した。このとき漱石が受けとった任命通知は、次のような書面であったはずである。

Professor. K. Natsume,
6 Flodden Road, Camberwell,
New Road,
London, E. C.

2nd April 1901

Dear Sir,

I have the pleasure of informing you that the Court have appointed you as Preliminary Examiner in Japanese for the forthcoming Preliminary Examination in this University at a fee to be afterwards fixed. Further communications will reach you from the Clerk of Senate.

Yours faithfully.

Alan E. Clapperton
Sec. Glas. Univ. Court

ロンドン市カンバウェル・ニューロード・フロッドン通り六番地というあて先は漱石のロンドンにおける三番目の宿所であり、地下鉄オウヴァル駅の近くにある。

漱石のこの住所はおそらく荒川が知らせたものであろう。理事会が夏目教授の任命を決定した次の日の二九日に、クラパートン書記官は荒川にあてた書簡のなかで、荒川から試験委員辞退の電報を確かに受けとったこと、および荒川が推薦した夏目教授を理事会が後任に任命したということを記したあと、「夏目教授の英国の住所を教えて下さい」と尋ねている。しかも、これに応えて、荒川は四月一日付の書簡で漱石の住所を確かに伝えた、という記録があるからである。

なお、正確にいえば、この三月二九日付のクラパートン書記官の書簡でもやはりProfessor Matsumeとつづられている。Natsumeと正しく記されるのは、どうも荒川より漱石の住所を紹介されてからのことであり、前記の四月二日付の書簡が最初であるようだ。もっとも、正確にいえば、先に引用した三月二八日の『理事会議事録』にすでに「Natsume」と正しく記されている。しかし、『教授会議事録』や『信書控え帳』は手書きであるのに対し、この『理事会議事録』は活版刷であるのだから、正しいつづり方が分ったのは実際の日付よりももっと後のことと考えられる。

三月二八日の『理事会議事録』や理事会から送られてきた任命通知書には、漱石は「次回の資格試験の」試験委員に任命されたとある。ところが、実際はこの一九〇一年四月の春季試験ののち、もう一度、同年一〇月の秋季試験のばあいにも漱石は学外試験委員を委嘱されている。今度はクラパム・コモン・ザ・チェイス通り八一番地にある宿所に移っていた。例のロンドン漱石記念館の向側にあるミス・リール方の宿所であり、すぐ近くには漱石が自転車乗りを練習したというクラパム・コモンがある。

この公園に、先頃、東京都新宿区は漱石の胸像を建てるという計画を立てた。地元住民から日本の文化侵略だという反対の声があがったとかで計画は頓挫しかけたことがあったが、その後、公聴会を経て地元のランベス区当局から許可がえられ、やがて計画は実現するようである。

（かとう・しょうじ　神戸商科大学教授）
（一九九二年四月号掲載）
（現在は愛知大学教授、名古屋大学名誉教授）

注　クラパム・コモンに漱石の胸像を建てるという計画は実現しなかったが、その代わりミス・リール方の宿所に漱石のブループラークが付けられることになった。ブループラークとは青い円形の金属板で、その住宅に著名人が住んでいたことを示すものである（出典：原田俊明、『学苑・文化創造学科紀要』、八四一号、二〇一〇年一一月、一〇～七八頁）。

グラスゴウ大学日本語試験委員・夏目漱石（下）

加藤詔士

グラスゴウ大学日本語試験委員のことについて、当の漱石は日記に少しばかり書き残している。『漱石全集』第一三巻（岩波書店、昭四一）に収められている日記にみると、まず、明治三四年三月二七日（水）には、

「領事館ノ諸井氏来ル examiner ノ件ナリ」

とある。三月二七日というのだから、荒川一等領事はおそらく試験委員の辞退をグラスゴウ大学に打電したであろうその日に、自分の代員として推薦した漱石のところへ諸井氏を遣わしたことになる。諸井氏とは、在ロンドン領事館の領事官補・諸井六郎のことであろう。埼玉県出身で、後にはホノルル総領事、アルゼンチン駐劄特命全権公使などを歴任している。

二九日（金）になると、

「夜ニ入ツテ領事館ヨリ電報アリ Glasgow University ノ examiner ニ appoint セラル直チニ問題ヲ作リ領事館ニ送ル」。

これは先に引用した三月二八日における大学理事会での任命を受けてのことであろう。電報を受けとってすぐに試験問題を送付したというのだから、ずいぶん手まわしがいい。どうも漱石は二七日に領事館から打診された時からすでに準備を進めていたようだ。二八日の日記に「多忙故井原氏ノ晩餐招待ヲ断ハル」とあるのも、試験問題の作成準備と関連があるように推測される。

三〇日（土）にも、

「Glasgow Univ. ノ書記官 Clapperton ニ試験承諾ノ旨ヲ答フ同時ニ Addison ニ試験問題ヲ送ル時ニ九時半ナリ」

とある。Clapperton とは前述のように大学理事会の書記官A・E・クラパートンのこと。また、Addison とはW・I・アディソンのことで、試験を所管する教授会の事務担当者である。

四月三日（水）になるとようやく正式の発令が送られてきた。

「Glasgow University ヨリ examiner ニ appoint スル旨公然通知アリ」

と漱石は記しているが、このとき漱石が受けとったという任命通知は、先に示したとおりである。

この任命通知には手当は「後日決定」するとあるが、はたして漱石にはいくら支払われたのであろうか。漱石自身は、五月二日（木）の日記に、

「Glasgow ノ Hill & Hoggan ヨリ手形ヲ送リ来ル諸井氏へ手紙ヲ出ス」

と記し、翌三日（金）にも、

「Glasgow へ受取ヲ出ス諸井氏ヨリ返事来ル」

と書き残している。これは学外試験委員としての手当のことと思われるが、金額は記されていない。大学側の記録に具体的な金額が出てくるのは、一九〇一年の秋季試験が終了した後の同年一一月六日付の『理事会議事録』であって、そこには「四月と一〇月の日本語の資格試験委員・夏目教授、四ポンド四シリング」の手当に決定、とある。この決定をうけて、理事会のクラパートン書記官は、一一月一五日付で、漱石あてに次のような通知を送っているが、ここでもやはり春季および秋季における日本語資格試験委員手当は四ポンド四シリングとある。

「The Court have fixed your fee for conducting the Preliminary Examination in Japanese in April and October of this year at £4.4/- and I have instructed the Factors, Messrs. Hill & Hoggan 194 Ingram Street to remit you this sum.」

この四ポンド四シリングという手当は、平田敏夫編『漱石日記』（岩波文庫）にもあるように、漱石にとって「ロンドン留学中唯一の臨時収入」であったようだ。「当時一ポンドは約十円。漱石の留学費は一カ月一五〇円」であった。

大学当局は春季と秋季の両方の試験委員手当を一一月になって決定し送付したというのだから、それでは、前記のように漱石が五月二日に受け取ったという「手形」は何に対する手形であったのか、またその金額はいくらであったかが問題になる。漱石は春季試験だけの手当を前もって受けとっていたのだろうか。当時のグラスゴウ大学では「会議の決定よりも事実が先行することがあり得る」のだから、「一部はすでに支払い済みだったと考えるべきであろう」と解する向きもある

（塚本利明『漱石と英国』、彩流社）が、いまひとつ判然としないところがある。漱石の明治三四（一九〇一）年の日記は、一一月一三日（水）までで終っており、クラパートン書記官が同月一五日付の書簡で通知したこの手当のことについては言及されていない。

秋季試験のことについては、九月二一日（土）付の日記に、

「Glasgow University ヨリ試験ノ paper ヲ請求シ来ル」

と記し、つづいて二三日（月）には、

「Glasgow へ手紙」

と書きとめている。資格試験は教授会の所管事項であるから、これは、春季のばあいと同様、教授会の事務担当者とのやりとりであろう。ただし、春季のばあいも秋季のばあいも漱石が出題した試験問題が具体的にどんなものであったかについては、残念ながら、目下のところ不明である。

漱石が出題した日本語の試験を実際に受け合格した日本人は四名いる。一九〇一年度および一九〇二年度の『グラスゴウ大学要覧』所収の「資格試験合格者一覧」から拾い出してみると、一九〇一年の四月の春季試験における Fukuzawa Sampachi（福沢三八）、Kajima Tatsuzo, Sato Kouji, 同年一〇月の秋季試験における Iwane Tomochika の諸氏である。この両試験で、福沢とカジマは日本語のほかに英語、上級数学、力学に、イワネは中級数学と力学にそれぞれ合格している。サトウは日本語のみに合格している。

なお、カジマとは鹿島建設の創業者一族の鹿島龍蔵、イワネとは後の大阪高等工業学校教授・岩

根友愛と推定される。かれらの在学中の受講科目や略歴については、北政巳『国際日本を拓いた人々』（同文舘）のなかで触れられている。

漱石がグラスゴウ大学理事会で日本語資格試験の試験委員に任命されたのは三月二八日であるから、人選を始めてから任命までに一ヶ月あまりも要したことになるが、漱石の後任選びもやはりずいぶん難航した。

漱石が帰国した翌一九〇二年の春季試験には日本語の受験者はいなかったが、秋季試験になると受験希望者があらわれた。そこで、今度もまたグラスゴウ駐在名誉日本領事A・R・ブラウンに打診すると、彼は候補者二名を推薦してきた。まず、そのうちの一人ジョン・ハリントン・ガビンズとの間で三年契約が結ばれた。同年六月一二日のことである。ガビンズは駐日英国大使館書記官等を勤めたあと帰国し、この頃、日本文化の研究に従事していた。ところが、しばらくすると彼は公務の都合という理由で試験委員を辞退してきたので、代わって、オオサカ・テクニカル・カレッジのT・クマクラが七月一〇日の大学理事会で任命された。任期はこの日から一年間であった。彼は「現在グラスゴウに在住中」と『理事会議事録』（一九〇二年七月一〇日）にあるから、大阪高等工業学校助教授（のちに九州帝国大学教授）熊倉達と思われる。

しかし、このクマクラもまた断わってきた。さらにクマクラが紹介したであろうS・スエヒロ（ロンドン留学中の京都帝国大学法科大学助教授末廣重雄と思われる）もやはり辞退したのだけれども、結局はスエヒロが紹介したオカクラが試験委員を引き受けることになった。「現在ロンドンに在住している東京高等師範学校の英語・日本語教授」などという記録（『理事会議事録』一九〇二年九月四日）があるから、彼とは『新英和大辞典』（研究社）の編者として知られる岡倉由三郎のことであろう。岡倉は、この年と翌年の二年間、試験委員を勤めている。一九〇二年八月一一日付でロンドン市ハマスミス、ザ・グローブ通り一四七番地の岡倉あてに送られた通知は、先に荒川一等領事に送られたものと類似の内容を含んでおり、試験の性格、試験問題の水準と内容について記されている。

グラスゴウ大学では、これ以後も、日本語の受験希望者があらわれるたびに試験委員が任命されている。たとえば、一九〇五年の秋季試験にはＪ・タカクス教授（受験者一名）、一九〇九年秋季試験は前出のＪ・Ｈ・ガビンズ（受験者一名）、一九一二年春季試験はクボタ・ケイスケ教授（受験者数は不明。ただし試験委員手当は二ポンド一二シリング六ペンス）。一九一五年春季試験はジョセフ・ヘンリ・ロングフォード教授（受験者数は不明。ただし試験委員手当は五ポンド五シリング）、などとなっている。最後のロングフォード教授とは、一八六九年に外交官として来日、長年にわたって各地の駐日英国領事を歴任したのち帰国し、当時はロンドン大学キングス・カレッジの日本語教授であった。日本に関する著作が多く、先のガビンズと同様、在日中、日本アジア協会で活躍してもいた。

この日本語資格試験制度はその後もながく存続した。『グラスゴウ大学要覧』の一九七〇年度版まで関連の規定があるから、一九七一年三月の春季試験まで日本語はグラスゴウ大学資格試験の認定語でありつづけたことになる。

なお、グラスゴウ大学で実施された日本語資格試験という優遇措置に対し日本政府は関心を示し、これを官報（明治三四年三月二九日）に告示して周知させている。

（かとう・しょうじ　神戸商科大学教授）

（一九九二年五月号掲載）

（現在は愛知大学教授、名古屋大学名誉教授）

漱石の学位辞退と三人の英国人

宮本盛太郎
関静雄

周知の如く、夏目漱石は、一九一一年（明治四四）二月に、文学博士の学位を辞退した。その時、旧師・マードック先生(1)は、漱石に英文の手紙をくれ、今回のことは君がモラル・バックボーンを有していることになるので目出度《めでたい》と喜ぶと共に、漱石によれば、次のように述べたといわれる。

「先生は又グラッドストーンやカーライルやスペンサーの名を引用して、君の御仲間も大分あると云はれた。是には恐縮した。余が博士を辞する時に、是等前人の先例は、毫も余が脳裏に閃めかなかつたからである」（「博士問題とマードック先生と余」一、一九六六年版の岩波『漱石全集』第一一巻、二六三ページ）。

漱石の「御仲間」として挙げられている三人の英国人のうち、筆者たちが知る限り学位を辞退した体験があるのは、H・スペンサーのみのようである。スペンサーの全二巻から成る浩瀚な自叙伝の第二巻（一九〇四年出版）の記述によると、一八七一（明治四）年一二月、セント・アンドルーズ大学教授会は、スペンサーに名誉博士号（法学博士）を授与するよう評議会に推薦することに決定し、フリント教授によって、その旨の通知がスペンサーに届けられた。スペンサーは辞退の手紙を書いた。その要旨は、以下のとおりである。

学位の授与の通知をいただき、感謝するが、学位はいただけない。自分には、長い年月をかけて育んできた一つの信念がある。名誉博士号のような称号は、一見すると知的な業績を挙げるための励みになるように思われるが、実はそうではない。その間接的な影響から見ると、知的な業績の成就に水をさす役目を果しているというのが、自分の辿りついた結論である。

ひとまず人を正当に識別できると仮定して、前途有望な人が社会全体の注目を浴びることになるような栄誉のしるしを、学識者の団体から受けるとしよう。その場合、選ばれた人は大いに助かるであろう。また、著名人を厚遇することしか知らない社会の真只中で、逆境と戦いながら負けそうになっている前途ある人もおり、そのような人が選ばれて、救済されることもしばしばあることであろう。しかし、普通そのような助けがやってくるのは、苦難を乗り越えてしまった後である。苦難が致命的なものでなかったことがわかってからでは、その効果はいかがなものか。

出し遅れの名誉称号は、もっと早く授与されていた場合に比べて、一般的には恩恵が少なくなるからといっても、そんなものはもらっても何の役にも立たないということにはならないではないか、といわれるかもしれない。それは恐らくそのとおりであろうが、自分はこう考えている。つまり、名誉称号を受けた年輩の方に与える直接的な影響を考慮に入れる代わりに、これをもらえなかった若い人たちに与える間接的な影響を考慮するなら、彼ら若者たちにとって、名誉称号は、実際には彼らの成功を妨げる障害がもう一つ増えたことになるだけである、というふうに考えている。何の権威もない者が、知的活動の世界に入って、数々の権威を手中にしている先輩たちと競い合うことになった場合、その人の前途に立ちはだかる障害は、常に大きすぎる位大きい。まだ人に聞いてもらうに値することがいえない可能性がとても高いから、それ相応の関心をほとんど払ってもらえない時期が長く続く。この苦難は避け難いが、この苦難を、わざわざ人の手で大きくしてしまう場合がある。世間からまだ何の評価も受けていない無名の若者が、既に数々知られた業績があるという有利さに加えて、さらに世間公認の評価を受けるという有利さを授かった功なり名遂げた者を競争相手とする場合である。広く読者というものには、またそれをリードする狭い批評家の世界には、世間で尊敬を払わなければならないとされているものにころりと参ってしまう体質がある。以上のように、名誉称号を持っている者は、そのような称号があるが故に、このようなはっきりとした利益を授かるのに対して、その結果、持っていない者は、ないが故に、はっきりとした不利益をこうむっている。

このような結論に先験的に到達したわけではなく、この道に入って二〇年以上も過ごしてきた個人的な体験からこの結論に行き着かざるをえなかったのである。この年月の間、自分は、人々がわざわざ不自然な好ましくない結果を作り出すのに手を貸しているのを、しばしば目撃した。つまり、助けをもっとも必要としない人たちに名誉称号なるものを与えて不自然な援助を行い、その結果、助けをもっとも必要とする称号のない人たちに余計な妨げを作り出しているのである。こういう体験から得た確固たる信念はこうである。すなわち、思想の進歩がもっとも促進される時とは、著作家の手に入る唯一の名誉が、一般の人たちによる著作家の真価に対する評価を通して、自然発生的に与えられることになっている時だ、という揺るぎない信念である。

セント・アンドルーズ大学教授会の提案された措置には、自分に対する暖かい評価が含まれていると拝察するが、今回の自分の返事がこの厚情を踏みにじるものと受けとられるようなことがあると、自分にとってこれ程不本意で遺憾なことはない。しかし、自分が縷々申し述べたことによって、自分のとった措置はある特定の事情に応じて適用されるというようなものではなく、一般的な原理（general principle――これから引用する漱石の文章流に訳せば「徹頭徹尾主義の問題」）にもとづいて決定されたものであることは、はっきりと御理解いただけたものと思う。

以上がスペンサーの辞退の手紙の要旨であるが、参考までに、漱石が「東京朝日新聞」（一九一一年四月一五日）に発表した「博士問題の成行」の文章の一節を引用しておこう。

「余は博士制度を破壊しなければならんと迄は考へない。然し博士でなければ学者でない様に、世間を思はせる程博士に価値を賦与したならば、学問は少数の博士の専有物となつて、僅かな学者的貴族が、学権を掌握し尽すに至ると共に、選に洩れたる他は全く一般から閑却されるの結果として、厭ふべき弊害の続出せん事を余は切に憂ふるものである。余は此意味に於て仏蘭西にアカデミーのある事すらも快よく思つて居らぬ。

従つて余の博士を辞退したのは徹頭徹尾主義の問題である。」

続いて、グラッドストーンに入ろう。現在の所、彼が学位を辞退したという確実な証拠を発見できないでいる。ただ、彼についての標準的な伝記（John Morley, *The Life of William Ewart Gladstone*）の第三巻〈一九〇三年出版、リプリント版一九七二年）に、グラッドストーンがヴィクトリア女王に辞職を申し出た折に、女王から彼に宛てて出された一八九四（明治二七）年三月三日付の手紙が収録されていて、極めて婉曲的な表現ながら、かねがねグラッドストーン氏に爵位を授与したいとは思っていたが、とても受けてはいただけないだろうと思う旨の文章がある。この手紙から推定すると（ちなみに個人的には女王は彼を好まなかったという）彼は爵位を受けず、原敬の先輩として「平民宰相」だったことになる。[2] この点について、また彼の学位辞退の有無について、確実なことをグラッドストーンの研究者に教えていただきたい。

最後に、カーライルについてであるが、彼も学位を辞退したという証拠を現在の所発見できない。ただ、一八七四（明治七）年に、ディズレーリが勲章の授与と年金の給付を女王に具申したい旨申し出た際、カーライルはそれを断わっている。この事実は有名で、たとえば筆者たちが見たカーライルに関する本（John Nichol, *Thomas Carlyle*）の一九〇九年版一四三ページ以下に、勲章の授与と年金の給付の申し出を断わった事実と、（この計画の発案者だとカーライルが考えた）

ダービー伯爵夫人へのカーライルの手紙ならびに兄弟への手紙が紹介されている。そして、恐らく、漱石もこの事実自体は――たとえ学位辞退の時に念頭に浮かばなかったとしても――知っていたものと思われる。というのは、漱石の文章「カーライル博物館」(3)（一九〇五年）の中に「カーライルは……ヂスレーリの周旋にかかる年金を擯《しりぞ》けて四角四面に暮したのである」という文章があるからである。カーライルの辞退と漱石との関係については、すでに角野喜六『漱石のロンドン』（荒竹出版、一九八二年）に、次のような指摘がなされている。

「この（カーライル博物館の――引用者）四階の屋根裏の部屋に、漱石の訪ねた頃には展示されていなかったと思われる重要な資料――カーライルの漱石と一脈相通じる高潔な気質を示す好資料を見ることができた。

それはカーライル生前愛用の机の上に置かれてある、当時の宰相ディズレイリ（Benjamin Disraeli）とカーライルとの往復書簡の写しである。

カーライルの晩年一八七四年に、ディズレイリが、ナイトの最高勲章（Knight Grand Cross of the Bath）の授与と年金の給付をヴィクトリア女皇に具申して取計らいたい旨を申し出たカーライルあての書翰と、それに対するカーライルの辞退の書翰である」（一七七ページ）。

以上の三人の英国人と漱石との比較研究は、単に栄誉の辞退のレヴェルにとどまらず、トータルになされるべき課題であろう。

（1）マードック先生については、平川祐弘『漱石の師マードック先生』（講談社学術文庫、一九八四年）参照。

（2）加茂章『夏目漱石――創造の夜明け』（教育出版センター、一九八五年）の二一〇ページに、「新渡戸稲造は、爵位を辞した者にはグラッドストーンや福沢諭吉があるが、学位には聞かないとし、自分も辞退しようとしたが、友にいさめられて受けたという。「学位は辞すとか辞さぬとか云ふほどの値打ちのあるものとは思わぬ」が、辞退は自由たるべしと多少漱石に同情的である」という文章がある。

（3）この文章は本誌明治三八年一号に初出。

（みやもと・もりたろう　京都大学教授）
（せき・しずお　帝塚山大学助教授*）
（一九九三年一〇月号掲載）
*（現在は帝塚山大学名誉教授）

犬と猫――夏目漱石とウィリアム・ジェイムズ

宮本盛太郎

一九〇一（明治三四）年五月一六日、エディンバラ大学で一人のアメリカ人が、「自然宗教に関するギフォード講義」を始めた。この講義は、後『宗教的経験の諸相』というタイトルで出版された。漱石もこの本を購入している。このアメリカ人とは、哲学者・心理学者として有名なウィリアム・ジェイムズで、弟はしばしば漱石と比較される作家ヘンリー・ジェイムズである。漱石がウィリアム・ジェイムズを高く評価していたことはよく知られている。この日、漱石はロンドンにおり、夜池田菊苗と教育論や中国文学論を戦わせていた。

管見に入った限りでは、ジェイムズと漱石に関心をもった――ただし本格的に両者を比較してはいないが――最初の人物は、小熊虎之助のようである。一八八八（明治二一）年に新潟県に生れ、柏崎中学、一高を経て東大で心理学を学んだ小熊は、明治大学等の教授となり、日本超心理学会会長を勤め、一九七八（昭和五三）年に亡くなった。彼は、一九一八（大正七）年に江原書店から『夢の心理』を出版しているが、同書で数個所漱石の夢について述べ、最後の部分でジェイムズに言及している。また、翌年に『ウィリアム・ジェイムズ及び其思想』（心理学研究会）を著わしている。その後、ジェイムズの研究家と漱石の研究家によって、両者の関係が、主としてジェイムズの哲学・心理学と漱石の思想・文学の比較という形を取って、論じられている。ここで遂行しようとする作業は、ジェイムズと漱石両者のまったくの門外漢がなした両者の比較である。まず、政治学の用語でいえば、広い意味でのナショナリズムの問題を論じよう。

ジェイムズは、一八四二（天保一三）年にニューヨークで生まれた。ジェイムズ家の祖先はほとんどスコットランドとアイルランドからアメリカに移住しているが、父方の祖父（この人もウィリアム・ジェイムズという）も一八世紀末にアメリカにやって来て、財を築いた人物である。ジェイムズは、一九世紀末から二〇世紀初頭に哲学と心理学の分野ですぐれた業績を残し、一九一〇（明治四三）年にこの世を去った。この時期、アメリカはヨーロッパ――その最先端を行くのがイギリスである――に追いつき追い越すべく必死の努力を重ねていた。ジェイムズは、学問の世界でこの課題を達成した人物である。ここでは、イギリスとアメリカとの関係をペットのもつシンボル的意味という角度から論じてみよう。もちろん、これは筆者の解釈であって、ジェイムズが意識された次元でこのように考えていたか、どうかは問わない。後に述べる漱石の場合におけるペットの象徴性の解釈についても同様である。ジェイムズは、ペットとしてパグ犬を飼っていた。二巻から成る『ウィリアム・ジェイムズ書簡集』を繙くと、八歳の息子に宛てた書簡の中でこの犬に言及している。また、ジェイムズは、講演の中で犬と人間を比較している（『ウィリアム・ジェイムズ著作集』

第一巻〈日本教文社、一九六〇年〉二二六—二二七ページ)。今日、イギリス人のペットの代表といえば犬であろう。一九八九年に法政大学出版局から翻訳が出た、キース・トマス『人間と自然界——近代イギリスにおける自然観の変遷』によると、

(イギリスで)……イヌへの執着がうちたてられたのは、近代初頭にほかならない。……なかでも自分よりもはるかに大きな敵に頑強に食いつくブルドッグがとりわけ賞讃を博した。……一八世紀には、「古来からの真の純血種のイギリス産ブルドッグ」は国民的象徴として一般に容認されていた(一五六—一五七ページ)。

リチャード・フェイバーも、フランス人はイギリス人をブルドッグと考えていたと述べている(『フランス人とイギリス人』〈法政大学出版局、一九八七年〉四九ページ)し、研究社の『現代英和辞典』にも、the bulldog breed 英国人((俗称))、とある。パグは、中国原産で後欧米に渡った犬らしいが、筆者は初めてパグの成犬を見た時、ブルドッグの子犬かと思った。外見は、小型のブルドッグである。イギリスとアメリカとの関係は、しばしば父子の関係にたとえられる。ジェイムズは子たる小型のブルドッグ(パグ)が父たる大型のブルドッグとなった例——あるいは小型のパグが改良に改良をかさねて、ブルドッグを陵駕する大きさになった例である。この喜びを、彼は先の講義の初めにこう語っている。

ヨーロッパの方々が話をされて、私たちアメリカ人がそれを傾聴するというのが、私たちには自然のことのように思われる。私たちが話をして、ヨーロッパの方々が傾聴するという逆《さか》さまの習慣を、私たちはまだ身につけていない。……そこで、ありていに申せば、とるに足りない自分のような者が、わが未開の故国から招かれて、しばらくの間でもほんとうに当大学の講座担当者に推され、……高名な人々の仲間に加えられたことを思うと、現実のことであるとは思いながらも、まるで夢の国にでもいるような感じがつきまとってならないのである（『ウィリアム・ジェイムズ著作集』第三巻〈日本教文社、一九六二年〉三―四ページ。傍点は宮本）。

さて、漱石である。漱石といえば猫であるが、彼は猫とともに犬も飼っていた（文鳥も飼っていたことは周知のとおりである）。彼は、イギリス留学直前、熊本で犬を飼っていたが、この犬を貰った友人の神谷豊太郎の話によれば、大型で、「夏目の獅子狗」として有名な「西洋犬」だったという。名前は不明であるが、夏目鏡子『漱石の思ひ出』（角川文庫版）にこの「犬の名を呼んだりした時」（八四ページ）という文章があるので、名前があったことは確実である。帰国後に飼った犬は、西洋風にヘクトーと名付けられた。猫は、夏目伸六『父夏目漱石』（魚川文庫版）によれば、三匹飼ったことがあり、初代が『吾輩は猫である』の猫で、実際にも名前がなく、もう一匹は漱石が「怪物」と称した猫で、「三代目は来るなり、母に踏み潰されて」しまったという（八五ページ）。もっとも、漱石の「硝子戸の中」では二代目と三代目が逆に述べられており、漱石のいう三代目（仲六のいう「怪物」）は黒猫だったようである。初代の無名の猫については、『漱石の思ひ出』に、家に来る「お婆さんの按摩」さんが、この猫は福猫で、飼っておくと家が繁昌するといった、というエピソードが出てくる。それでは、イギリスは漱石にとって何だったのであろうか。イギリス移民の子孫ではない漱石の場合、イギリスは父ではなかったかもしれない。(1) ここで思い出すのは、筆者の家の近くにある世界最大級観覧車の名前が「イーゴス一〇八」ということである。イーゴスはスゴーイを逆にしたもののようである。この流儀で犬 dog を逆にすると神 god になる。このことは、英語を学んだ人なら誰でも気がつくことであり、『オックスフォード英語辞典』（OED）の dog の部分を見ると、deformation of the word *God* という説明が出てくる。神と犬が一緒に出てくる漱石の『趣味の遺伝』の次の文章は、戦争体験にも比すべき彼のつらいイギリス体験を象徴している如くである。

陽気の所為で神も気違になる。「人を屠りて餓えたる犬を救へ」……「肉を食へ」と神が号《さけ》ぶと「肉を食へ！　肉を食へ！」と犬共も一度に咆え立てる。

もっとも、『文学論』の著名な文章によれば、イギリスとは犬というより狼であったのかもしれない。以下を見よ。

倫敦に住み暮らしたる二年は尤も不愉快の二年なり。余は英国紳士の間にあつて狼群に伍する一匹のむく犬の如く、あはれなる生活を営みたり。

ただ、漱石の文章や講演速記録をじっくり読めぽ、イギリスにはすぐれた面（犬＝神）と狼の面とがあることを彼が鋭く見抜いていたことがわかるであろう。漱石にとって、猫は日本・自己の象徴だった可能性がある。漱石が、「硝子戸の中」で、三代目の黒猫が病気にかかった後自身も病気となり、自分が回復してみると猫も回復したと述べた後、「私は自分の病気の経過と彼の病気の経過とを比較して見て、時々其所に何かの因縁があるやうな暗示を受ける」と語っているのは象徴的である。猫は、無名であるか、西洋風の名前をつけてもらえないだけではない。まかりまちがうと存在自体が抹殺されかねない。自ら名をつけ、名を上げて、犬（神）に追いつき追い抜くより他はない。猫は独立不羈の性格をもつ。文学の世界で、自己独自の立場に立って、無名の猫を二重の意味で「有名」な存在とし、犬（神）を陵駕すること、これが漱石の課題だった。犬猫同盟（日英同盟）を喜んでいる地点にのみ止まってはならない、と彼は考えていた。『虞美人草』の中で、宗近君と父親が次のような会話を交している。

「日英同盟だつて、何もあんなに賞《ほ》めるにも当らない訳だ。弥次馬共が英国へ行つた事もない癖に、旗許《ばかり》押し立て丶、丸で日本が無くなつた様ぢやありませんか」

「うん。何所の国でも表が表丈に発達すると、裏も裏相応に発達するだらうからな。——なに国許ぢやない個人でもさうだ」

「日本がえらくなつて、英国の方で日本の真似でもする様でなくつちや駄目だ」

（1） イギリス＝父として、実父。養父。イギリスと漱石との関係を精神分析学の手法で解明することは可能である。

（みやもと・もりたろう　京都大学教授）

（一九九四年九月号掲載）

漱石俳句をよみて候（上）

半藤一利

欠伸うつして

明治二十九年四月、漱石は松山におさらばをして熊本に居を移した。東京へ行く高浜虚子が船路を広島まで同行した。このとき漱石が署名を「愚陀」として短冊に書いた句は、かなり有名のようである。

永き日や欠伸うつして別れ行く

『漱石俳句研究』（岩波書店刊）では寺田寅彦・松根東洋城・小宮豊隆の三賢人が微細に鑑賞して、なかなかの俳句とほめている。「洒落というか、飄逸というか、とにかく先生のもっている仙骨とでもいうようなものがでていて面白い」と豊隆がいえば、寅彦が「かなり無雑作にいってのけているようで、その実そう無雑作でもないところが面白い」と応じている。

わたくしのごときにも、「欠伸うつして」とした発想がもう警抜であって、別れとくれば哀愁とか感傷とかになりやすい雰囲気を吹っとばして、句を楽しいものにしていると考えられる。かつ、そのお手柄の句の出どころはといえば、快著『漱石と落語』（彩流社）で水川隆夫教授が示しているように、落語の「あくび指南」にあり、というのに賛成である。

近所にあくび指南所ができたというので、男が仲のいい友人に、そばにいるだけでいいから一緒についてきてくれと頼んで、稽古にいく。さっそく初心者向きの夏のあくび、それも大川の船遊びに退屈して出るというやつにとりかかる。ところが、いくらやっても途中で吉原のなじみの女ののろけに脱線してしまい、どうにもものにならない。この様子をずっと見物していた友人はばかばかしくなり、退屈しきって、「いい年をして、ひとつことを何度もやって、なにが退屈だ。さっきからばかな面して見ている俺の身にもなってみろ。こっちのほうがよっぽど退屈で……退屈で……（と大あくびして）ならねえ」

師匠が「ああ、お連れの方はご器用だ。見てて覚えた」

この欠伸はうつるの、のどかさ。ぽかぽか暖い春の日ののんき気な船旅、大した話もないから退屈であくびがでる、連れの虚子もつられての大あくびに、漱石先生はさぞやこのおかしな一席を想いだしたことであろう。

漱石が青少年時代いらいしきりに寄席へ通ったことは、もう大ていの本に書かれている。漱石その人も育った環境から江戸庶民文化の影響を人一倍うけたことを、『硝子戸の中』で懐かしく回想して書いたり、あるいは気軽に語ったりしている。小説のなかでも、たとえば『門』の宗助お米夫婦は、友人安井の出現で罪の意識に心の創口がうずいたとき、寄席にいくことで安らぎをもとめている。『三四郎』の主人公の小川三四郎は自分の将来のことよりも、娘義太夫の昇之助のことが気になってならない青年なのである。作者のこの方面への含蓄なくてはとてもこんなふうには人物造型ができるはずもない。

小宮豊隆の「休息してゐる漱石」(『漱石・寅彦・三重吉』(岩波書店)には、こんな漱石が登場する。

《先生と一諸に牛込亭で小さんの「うどんや」を聴いて帰って来ると、先生は書斎に這入って茶を飲みながら、「おい、うどんや」と言っては饂飩屋をつかまえて酔っ払いが訳の分からぬ管《くだ》を捲く、あの初めの所を繰り返しては、クックッ笑いだした。それを先生は長い間やめないのである。仕舞には笑いの止め度がなくなって、先生は顔をまっ赤にしてしまった》

それくらい落語好きで通でもあった漱石が、はたして日の永い春ののどかさのなかで、ふと「あくび指南」を想いだして一句詠んだのではないか、とすることは、それほど無理な想像ではないと思うのである。しかし、探偵としてはそうなると、ほかにも例証を示してこの説を補強せずばなるまいという気になってくる。これが小説のほうであると、『吾輩は猫である』の十一章で、迷亭と独仙とが駄洒落やもじりをいい合って碁をうつ場面は、「碁泥」同様である、とか、同じく三章で「彼の考によると行さへ改めれば詩か賛か語か録か何かになるだらうと只宛《あて》もなく考えて居るらしい」との猫の言は、「一目上り」を踏まえている、とか、さまざまな証拠をだして弁じることができるのであるが……。さて、俳句となると……。

たとえば修善寺大患直後の句の、

秋風や唐紅の咽喉仏　（明43）

この唐紅という語は「古今集」の在原業平の「ちはやぶる神代もきかず龍田川からくれなゐに水くくるとは」を連想させる、とするのが一般なれど、さにあらず落語の「千早振る」を基調とする、と断固として主張する。でも、やっぱり、これは無理か。

じゃあ、義姉登世の死を悼んだ句のひとつ、

骸骨や是も美人のなれの果　（明24）

をもって、「野ざらし」のしゃれこうべ、または尾形清十郎が手向けた句「野をこやす骨を形見のすすき哉」を連想させる、とするのもダメか。

ほとほと困窮したものの、探偵はしつこいのである。漱石俳句集をためつすがめつ眺めること数日間にして、ついにわれ発見せりと相成った。しかも、これをもって確たる証しとして江湖に提出するに毫も躊躇を覚えるところなし、と自分勝手に大見得をきりたいほどの落語的佳句をやっとみつけだした。すなわち

初夢や金も拾はず死にもせず

明治二十八年作。落語の名作ご存知「芝浜」からである。棒手振りの魚屋勝五郎が芝浜の波打ち際で拾った重い革の財布。二分金で四十二両。これだけありゃ遊んで暮らせると友達をよんでどんちゃん騒ぎ。あくる朝、女房は財布なんて知らない、夢をみたのだろうと笑う。さすがに愕然とし

た勝五郎、財布を拾ったのが夢で、散財のほうは本物だという。もうこうなれば死ぬ気になって働くしかないと気をいれかえた。酒をたち生まれ変わったように仕事に一所懸命となる。三年後の大晦日、表通りに店をだすまでになった勝五郎の前に、女房は詫びながら革の財布をだしてきた。……以下は略すが、女房が久しぶりにつけてくれた酒に、のばした手をひっこめていった勝五郎のオチの一言がいい。

「よそう、また夢になるといけねえ」

もうひとつ、

此土手で追ひ剝がれしか初桜

明治二十九年の作。此土手とは隅田川畔、つまりこの句は「蔵前駕籠」の一席が背景となっているのである。物情騒然とした幕末の江戸、蔵前通りに毎夜、吉原通いの駕籠をねらって追い剝ぎがでる。それを詠んでいる。

追い剝ぎは「故あって徳川方に味方する……」と名乗るが、これはおかしい。幕末に江戸町民にロクなことをしなかったのは御用盗の薩長の芋侍どもであったはずである。この噺のつくられたのが明治のはじめ、当時の政府のお偉ら方は追い剝ぎの成り上がりみたいなものばかりであった。その連中に落語作者はついついつい遠慮した。

そう考えると、江戸ッ子漱石のこの句からは、成り上がりの薩長の輩にたいする痛憤みたいなものが、そこはかとなく感じられてくる。

眠りたがり屋

『草枕』の主人公の画工はすこぶる眠りたがり屋である。峠の茶屋でシャンシャンという馬の鈴に「夢に隣りの臼の音に誘われる様な心持ち」になる。那古井温泉についた夜は「すやすやと寝入」り、長良の乙女かオフェリヤか、川流れをする女を追いかける「妙に雅俗混淆な夢を」みる。海棠の幹によりかかる影法師におどかされ、平常心をとり戻そうと句をつくりにかかるが「いつしか、うとうと眠くなる」。

画工ばかりではない、漱石の小説の主人公たちは苦沙弥先生しかり、代助しかり、宗助しかり、『こころ』の先生しかり、みんなしきりに横になっている。門下生諸氏が回想する漱石先生その人も、やたらに横になって語り、ときには頭上をとびかう議論を聞きながら居眠りしたりする。森鷗外と漱石の遣うところはここなんで、星晨日月、世事百般、森羅万象に接するに、いつだって一方は裃をきて正座、片やごろりと横になっている。

漱石がその生涯をとおして胃病のため悩まされつづけた。それで食後には胃が重苦しくて瞼がたれる、と科学的に分析したのでは面白くない。やっぱりここは鷗外先生と違って漱石はいってみれば江戸ッ子風のざっくばらんで、いつだって胸襟をひらいて、と人間論から「横になる漱石先生」として眺めたくなる。

俳句のほうもそうで、横になったり眠くなったりする句がさすがに多い。佳句もある。

飯食へばまぶた重たき椿哉　（大3）

やや食べすぎ加減のかったるい気持ちで、ぼんやり庭を眺める目に椿が映った。重ったるく咲く椿の花とまぶたの重さ。おそらくこの椿は真ッ赤な色をしていたことであろう。この句には胃病を背景において味わなくてもいいよろしき感興にあふれている。

以下同じことで「横になった漱石」の句を。

春雨や寝ながら横に梅を見る　（明27）
明けやすき七日の夜を朝寝かな　（明28）
浮世いかに坊主となりて昼寝する　（明29）
飯食ふてねむがる男畠打つ　（明29）
楽寝昼寝われは物草太郎なり　（明36）
我一人松下に寝たる日永哉　（大3）

こうやって句をならべてみると、若いときからこのように眠たがり屋では、いくら禅門に入って悟りをひらかんとしてもこれは無理な話であった、ということに思い当る。およそ修行には「眠い」は大敵なのであるが、禅においてはとくにそうである。わたくしも若干体験したが、坐禅ほど眠たくなるものはない。「仏」として坐るのであるから煩悩を排し雑念を捨て、といくらいわれたって、そうしようとすればするほど眠くなる。まさしくまぶたが重くなる。その昔、道元は宋の天童山で坐禅の修行をした。夜十一時まで坐って、朝三時に起きてまた坐る。あるとき、仲間の雲水がついつい居眠りに入ってしまったとき、師の如浄が大喝した。

「参禅は心身脱落なるぞ。ただ眠っていて何が出来るかッ」

それを聞いて道元は豁然として大悟した。ときに二十五歳。と、そんな話を読むと、わたくしだって翻然として大悟する。とても無理だ、眠らしてくれと。ちなみに心身脱落とは坐禅中に五欲（財産・性・飲食・名誉・睡眠）と五蓋《がい》（むさぼり・怒り・悩み・疑い・眠り）をのぞくことである。両方に眠りが入っているのは、よっぽどこやつが悟りを邪魔をするからであろう。

ゆえに無理をしないで、われら凡俗の徒は、

夫子《ふうし》暖かに無用の肱を曲げてねる　（明29）

のを極楽と心得るべきなのであるまいか。

『硝子戸の中』三十九にある。

《私は硝子戸を開け放つて、静かな春の光のなかで、恍惚《うつとり》と此稿を書き終るのである。さうした後で、私は一寸肱を曲げて、此縁側に一眠り眠る積《つもり》である》

これをまねてわたくしも書き終えて肱を枕に一眠りしようかと存念する。

（はんどう・かずとし　作家・歴史探偵）

（一九九六年三月号掲載）

月給八〇円の嘱託教員
——漱石の松山行き・探偵メモ

半藤一利

月刊誌『現代』七月号で、丸谷才一さんがまたまた面白く、かつ挑戦的な夏目漱石論を発表した。「『坊つちやん』と文学の伝統」と題する百枚の画期的な論文、というより、これがポール・ヴァレリイのいう〝エッセイ〟の名を冠するにぴったりのエッセイ、といったほうがいいか。古今東西の古典の森にわけいり、どの国の文学にもあったに相違ない普遍的な文学の正統性をさぐりだし、『坊つちやん』を題材に、自由奔放（?）に語りつつ、それを現代によみがえらせたモダニズム批評——などという賢しらな解説など不要の、とにかく刺激的な、編集部の謳い文句ではないが〝誰も書かなかった〟坊っちゃん論なのである。未読の方には、ご一読をぜひにもおすすめしたい。

それでわたくしもそれに激発されて、もう一つ、画期的な『坊っちゃん』論を、といきたいのであるが、そうはいかない。博雅の士丸谷さんの学殖・眼識・語りのうまさには脱帽するばかりで、張り合おうなんて気などさらさら起らない。それでも、なんとなく拙著『漱石先生ぞな、もし』流の、文学にはまったく無関係の、どうでもいい〝漱石横町〟散歩を、またしても試みたくなった。いやはや、下町ッ子的な強がりの精神がまだあるのかと、われながらおかしくなったが……。

「数え唄」の裏側

丸谷さんも前口上式に指摘されていたが、『坊っちゃん』の特色の一に、綽名の多いことがある。校長は「狸」、教頭は「赤シャツ」、画学の教師は「野だいこ」(又は「野だ」)、遠山のお嬢さんは「マドンナ」、英語教師の古賀と数学教師の堀田は名がはっきりしているのに「それぞれ「うらなり」」と「山嵐」のほうが通りがいい。名前がはっきり残るのは「坊っちゃん」のばあや清だけ。丸谷さんが「この清といふ大事な名前を印象づけるために綽名だらけの小説といふ趣向を立てたのか、などと思ひたくなる」と書くのに、「むべなるかな」と文句なしに同感したくなる。

漱石がこの小説を書こうと思ったとき、綽名でいこうという趣向を思いついたのは、これはもう自分が松山中学校の教師時代に耳にすることのあった教師数え唄にあることは、改めていうまでもない。あまり上手とは思えないが、「なもし」の腕白小僧どもが知恵をしぼって完成させた今日になるとまことに貴重なものである。

一つとや　一つ弘中シッポクさん
二つとや　二つふくれた豚の腹
三つとや　三つみにくい太田さん

四つとや　四つ横地のゴートひげ
五つとや　五つ色男中村さん
六つとや　六つ無理いう伊藤さん
七つとや　七つ夏目の鬼瓦
八つとや　八つやかしの本吾さん
九つとや　九つコットリ一寸坊
十とや　十でとりこむ寒川さん

漱石は七つ、「鬼瓦」とされたのは、鼻のあたりにわずかながら残っている子供のときかかった疱瘡の跡を、腕白どもに発見されたゆえかと思われる。その教え方がきびしいせいも、いくらか影響しているかもしれない。漱石は小説の登場人物に綽名をつけながら、「鬼瓦」を想いだしてくしゃみの一つもしたであろうし、ことによるといかめしい「山嵐」は「鬼瓦」からの連想による命名でもあったろうか。

このほか、すでに多くの人によって説明されているのもあるが、それも含めて、こんど調べてわかった余計な注釈を知れるかぎり書くことにする。ちなみに名前のつぎのカッコ内の数字は当時の月給である。漱石の八〇円とくらべてみるのも一興かと思い、あえて記してみる。

シッポクとは松山の古舗「亀屋」といううどん屋のシッポクうどんのこと。小唐人町と湊町一丁目の角にあるこの店で、松山着任直後の数学教師弘中又一（二〇円）がシッポクうどん四杯を食った事実がある。それを生徒たちが見つけた。漱石は『坊っちゃん』のなかでは「天麩羅《てんぷら》を四杯平げた」と、江戸ッ子風に直してある。

「二つふくれた豚の腹」は英語の西川忠太郎（四〇円）の体格からきている。ホホホホ……と格好つけて笑い、ときどき赤シャツを着てきたという。それで「教頭の赤シャツ」のモデルは、すでに定評ある横地石太郎（八〇円）よりも、この人とわたくしは思いたくなっている。

なるほど物理・化学を教えていた横地は東大出の学士様であったし、ときどき赤シャツを着てきたらしい。ただし、当時の「職員録」（明治28年11月10日現在）によれば「学校長事務取扱」となっていて、教頭にあらず。当時中学校に教頭はいなかった。そして数え唄の四つにあるようにこの人は「ゴートひげ」（天神ひげ）をはやしたよき人格者であったらしい。

「三つ」は漢文の太田厚（二〇円）。「みにくい」よばわりは生徒にあるまじき行為といわんか。いやそれ以上にセンスのないのが許せない。

問題は「五つとや」の中村宗太郎（三〇円）で、歴史の教師である。「色男」と腕白どもも認めたように、女にもてもての好男子。元四国女子大教授新垣宏一氏の調査によると、

「（明治二十七年九月に転任してくると）教師の集まる宴席で、評判の鈴吉という芸者と早くも意気投合し、ひいき者にしている。また、道後の温泉には遊廓があり、中村はよく登楼して、そこから学校に通勤してくることもある」

というとんでもない教師。しかも、漱石が松山へ着任する直前に、同僚の石川という教師が遠山の

お嬢さんこと「マドンナ」、すなわち遠田という陸軍大尉のお嬢さん捨子に惚れこんでいるのを、中村はことごとに馬鹿にした。自分の男前を鼻にかけ、嫌味たらたらに皮肉り、遠田家とさも親しいようなことを口にして、石川の片想いの純情を酒の肴にして打ち興じた。

これでは新垣先生の調査報告をみるまでもなく、石川青年教師がひどく自信を失い、片想いをたち切って松山から去ろうと決心したのは、自然の流れであったといえようか。そして石川転任のあとをうめて着任してきたのが、「八つやかしの本吾さん」の安芸本吾（三五円）、博物の教師であった。

石川も安芸も徳島県の出身で徳島中学の同窓というから、その縁もあったのであろう。阿波の方言を丸だしで安芸が「何やかし」「これやかし」と教室でやっていることから「八つやかし」と「なもし」どもにやられたの図である。

そして、漱石と安芸と弘中は、明治二十八年春にほぼ前後して松山中学校に着任している。そんな親しさもあって、漱石は安芸から、彼が松山へ来ることになった事情を聞かされたに違いないのである。送別の宴会で、わが純愛に泥をぬった奴として中村を許すことができず、この野郎めと組みついたが、かえって柔道の技で投げとばされて石川は口惜し涙をのんだ、などという話も、漱石は安芸から聞いていたことであろう。「マドンナ」を奪われる「うらなり」の無念は、ここにルーツをおいている。

以下、「六つ無理いう伊藤さん」は体操の伊藤朔七郎（一二円）、「九つコットリ一寸坊」は地理の中堀貞五郎（三〇円）、「十でとりこむ寒川さん」は書記の寒川朝陽（一五円）であるが、『坊っちゃん』とは直接に関係のない人たちなので略。また、「数え唄」には登場しないが、「山嵐」のモデルとされている数学の渡部政和は月給三五円であることも附しておく。

ストライキ騒動

漱石が松山中学に赴任したとき、月給六〇円の住田「狸」校長よりも二〇円も高い八〇円という高給であったことは、いろいろなものに書かれて有名である。わたくしも初めてそれを読んだとき、漱石ときに二十八歳、東大出の学士様の威力は大したものよと、半ばあきれながら感服した覚えがある。こんど改めて前記の「職員録」で確認した。わざわざほかの教師の月給も列挙したが、五〇円を越えるものなど、学校長事務取扱の横地石太郎と、嘱託教員の夏目金之助の二人の学士様しかいないのである。

さてさて、お気づきになられたろうが、わたくしはいま、夏目先生の肩書を麗々しく書いた。「職員録」にはそう記されているのである。ちなみにほかの先生方の肩書一覧表をまとめてみる。

〈教諭〉横地石太郎、西川忠太郎、渡部政和、安芸本吾、中堀貞五郎、中村宗太郎。

〈助教諭〉村井俊明（二五円）、太田厚、弘中又一、高瀬半哉（一八円）、伊藤朔七郎、浜本利三郎（一二円・作家浜本浩の父君）。

そして〈助教諭心得〉が唯一の「坊っちゃん」と同じ物理学校出身の安倍元雄（二〇円）のほか

三人いて、〈書記〉に寒川朝陽ともう一人、そのあとに、〈嘱託教員〉夏目金之助、左氏撞（二〇円）、近藤元弘（一〇円）。

以上、計二十一人が明治二十八年秋の松山尋常中学校の全陣容である。うち十人が「数え唄」によみこまれている。

いったいこれはどういうことか。「職員録」を眺めていると、探偵的興味がむくむくとヘソのあたりにわいてきたのである。論理や理知や鑑賞とは、くだいていえば世のため文学のためとは無縁なれども、探偵を自称する身にとっては追及しないことには腹ふくるる思いのする疑問なのである。同じときの着任で二十四歳の安芸本吾が教諭で、二十八歳の文学士夏目金之助がなぜに嘱託教員なのか。それに米一俵四円のころ、金之助先生の給料が法外にすぎるのではないか。つまり漱石の松山行きは高給目当てのものでしかなかったのではないか。また、当時、校長はおらずはたして空席であったのか。エトセトラの疑いである。

さて、どこから手をつけるかと案ずるまでもなく、探索の糸口は、わたくしが所有する例の、横地・弘中両先生の書きこみのびっしりある珍本『坊っちゃん』（複写を所持）にもとめることができた。二章の、「校長は薄髯のある、色の黒い、眼の大きな狸のような男である」とある個所の欄外に、両先生は書いている。

「住田昇、月俸六十円、高師卒業生。事実なり」（横地記）

「住田ハ今ハ故人ナリ。新任早々、当時流行ノ子分招集策ヲ使用セル為、山嵐ニ排斥セラレテ失脚シタ。シカシ、狸デモ偉イ狸デアッタト思フ。殊ニ退却戦ノ見事サニハ敬服シタ。(即チ形勢不可ト見ルヤ自己ガ招集セル子分ヲ悉ク他ニ栄転セシメ、独リ最後迄踏止マリ、休職ノ辞令ヲ受取ッタ)。一同久保田迄送ツテ、渡辺ガ馬鹿丁寧ニ別辞ヲ述ベタ時、僕ハ狸ニ対シテ一掬ノ涙無キヲ得無カツタ」(弘中記)

これで十一月現在の「職員録」に住田校長の名のないわけがあっさりとわかった。弘中先生が赴任(漱石より遅れて明治二十八年五月二十七日)してより秋までの間に、休職の辞令をうけとって松山を去っていったのである。

さらには「子分ヲ悉ク栄転セシメ」の部分を補足するような面白いことも、その少し先きの赤シャツ登場のところで、弘中は書いている。

「……沢田幸二郎ト云フ高師出身ニテ、狸ノ腹心者ガ教頭タリ……元来、赤シャツ其ノ者モ、性格ハ前記沢田幸二郎氏ノ描写ナルモ、予等ノ就任セル時ハ恰カモ沢田氏排斥セラレテ去リ、其ノ代リニ横地氏来ラレ、漱石ハ沢田ノ性格行動ヲ伝説トシテ聞ケルニ過ギズ、風采顔貌等ハ西川ヲモデルニセシ所多シ」

ただし、弘中先生の記憶は少しく違っていて、「沢田ニアラズ沢ナリ」と横地先生に訂正されている。漱石が会ったこともない前教頭を、漱石より遅く来た弘中が名を間違えて記憶しても、これはやむをえない。

こうして、書きこみをよく読むと、漱石と弘中の両先生や、いや横地先生の着任前に、ということは、明治二十六、七年ごろになにやらすったもんだの騒動があったように察せられる。いや、事実あったのである。

調べてみてわかったことであるけれど、住田校長が「子分招集策」を思うようにやって、高師閥をつくろうとしたことに端を発して、松山中学校内は大揺れに揺れたという事実がある。生徒が立上って、校長排斥・高師閥粉砕の旗印をかかげて大暴れ。これを校長派の先生が押さえにかかる。ついには全校ストライキに訴えんとする学校騒動に発展する。

生徒の先頭に立ったのが、大正のベストセラー『此一戦』の著者にして、のち反戦軍人として名の残る水野広徳である。水野は当時二十歳、中学校の最上級生であった。みずからが『此一戦』の巻末に青少年時代のことを回想して、

「少年時代より札付きの乱暴者悪戯者で、書は姓名を記すれば足るなど、項羽を気取って、文章などは柔弱者の携る業であると軽蔑したものである」

と書くほどの豪のもの、弾圧に一歩もひかなかった。

そしてストライキへ猛進する生徒たちの背後には、弘中先生の書きこみ「山嵐ニ排斥セラレ」にあるように、渡部政和先生が軍師的な黒幕として存在したようなのである。ついでに書きこみを紹介しておけば、「渡部ハ数学ノ主任デアツタ。余リ淡白ナ人デハナイ。『おい君』ナドト云フ人デナイ」（横地記）、「山嵐ハ年下ノ者ニ対シテハ非常ニ淡白デアツタ」（弘中記）と、両先生の評はかならずしも良くはない。

騒動は校長側の完敗となる。ことの次第が愛媛県庁にまで達し、沢教頭以下何人かの高師出の先生が転勤させられることになる。ついでにいえば、水野生徒も責を負ってか嫌気がさしてか、明治二十七年十二月にみずから退学している。漱石の松山中学時代の教え子に水野の名を加えるものがいくつかあるが、これは間違っているようで、ご両所は残念ながらすれ違いである。

戦いすんで、県と学校側とが中学校のたて直しにかかる。県は、去っていった高師出のかわりに、東大出などの優秀な先生を招聘することにした。そのためにも金に糸目はつけぬ大盤振舞いを覚悟する。まず、去っていった沢教頭のかわりに、やってきたのが東大出の横地石太郎先生、七高教授から転じてきた。同志社大を出たばかりの弘中又一先生にも口がかかる。

そして東京の、わが夏目金之助先生にも。

さて、ここが問題である。当時、漱石は東京高師に教職をつとめていたのに、これをポイと辞めて、四国くんだりの中学校に職をえて転じるとは、なんたるもったいないことを。ということから、失恋して都落ちしたのであろうとか、嫂との不倫の「罪」からのがれ「生」に出逢うためにとか、いろいろな説がたてられている。あまりに突飛な行動であるから、それも無理からぬこと。ただひとついえることは、漱石は当時はげしい神経衰弱期にあった。どこか遠くへ行きたいという思いに強くかられていたのはたしかである。

それよりもなによりも、金がほしかったから、それが最大の理由であると思えてならない。俸給が月額八〇円。県がもっていたお雇い外国人用の高額そのままの提示なのである。気分的に動きたいと思っているときに、心を動かさない人はいないのではないか。

ここはもう、漱石が斎藤阿具あての手紙に書いている「小生当地に参り候目的は、金をためて洋行の旅費を作る所存に有之候」をそのままに信じたほうがよろしいようである。

県の書記官浅田知定から菅虎雄に依頼があり、菅が漱石に話をもちかけたのはいつごろのことか、定かではないが、学校騒動の始末を考えると、かなり早い時期であったと思える。いろいろな本には、あい前後して友人の菊池謙二郎が勤める山口高等学校から教授招聘の口がきたのにこっちは断わって、とあるが、これはもう松山のほうの話がほぼきまっていただいぶ後のことであろう。

ただ、この高等学校からの招聘は若き漱石の心に若干の影響を与えたものとみえる。漱石先生が「松山へは約束しちゃったから確かにいくが、ずっとそこに腰を落着けるかどうかの保証はしかねる。そのへんのこと万々ご承知ありたし」とか何とか、県のほうにいささかの希望をいいだしたとみるのは、はたしてわたくしの僻目であろうか。さぞや県当局は困惑したに違いないが、とりあえずは背に腹は代えられない。そこで月給八〇円の「嘱託教員」ができ上った、という次第。一年にして漱石の熊本の五高への転勤は、県としてはもう覚悟していたことであったかもしれない。

たった一年ながら、「数え歌」によまれるほどに、夏目金之助先生は熱心に生徒たちを教えたのであろうか。ストライキ騒動後の中学校ゆえ、生徒たちの心にはまだ荒んだところがあったのであろう。そのことを案ずる友人には、到着一カ月後に、「当地着以来教員及び生徒間との折合もよろしく」（狩野亨吉宛）、「教員教師間の折悪《ママ》もよろしく好都合に御座候、東都の一瓢生を捉えて大先生の如く取扱ふ事返す〴〵恐縮の至に御座候」(正岡子規宛)などと知らせている。

しかし、「なもし」どもの勉学のほどとなると、大分手古摺ったものらしい。松山時代、漱石が生徒たちのために書いた「愚見数則」にはきつい言葉だけがいまに残されている。「理想を高くせよ、敢えて野心を大ならしめよとは云はず、理想なきもの丶言語動作を見よ、醜陋の極なり、理想低き者の挙止容儀を観よ、美なる所なし。理想は見識より出づ、見識は学問より生ず、学問をして人間が上等にならぬ位なら、初から無学で居る方がよし」

(はんどう・かずとし　作家)

(一九九八年八月号掲載)

私と古典・私の古典

村上陽一郎

「古典」という言葉で最初に思い起こすのは「古典語」という概念、つまりギリシャ語、ラテン語である。もちろん古代文化圏の言語ということになれば、パーリ語やサンスクリットはもとより、他にも「古典語」と呼べるものは多々あるだろうが、通常の「古典」という概念がヨーロッパに依拠している必然から、「古典語」と言えば上の二つだけを指してしまう。これに対応して「近代語」という概念が成立する。この場合も通常は、ヨーロッパ語、それも英・独・仏語のことである。古典語で書かれたテクストを「近代語訳」するということは、今でも重要な学問的業績の一つとして考えられている。それは、ロエブ、オクスフォード、あるいはトイブナーのような古典叢書が営々と積み重ねられてきたことでも判る。

かつてヨーロッパでは、ギリシャ語と／またはラテン語（ちなみに、この「と／または」という接続詞、言い換えれば「非排除的選言」は、ラテン語では〈vel〉であり、「排除的選言」である〈aut〉と区別されるが、この区別は、日本語も含めて多くの近代語では、単語レヴェルとしては無視されるのが通例である）が知識人としての必須の教養であったことは記憶に新しい。例えばドイツ語圏の大学予備門であるギムナジウムでは、最近まで古典語は必修として扱われてきた。「古典」を意味するヨーロッパ語（ここでは英語で代表させるが）の〈classic〉の語源を訪ねてみると、当然直接的にはラテン語に行き着くが、そこでは意外な原義に出会う。知る限りのすべてのラテン語辞書が、ローマの市民階級としての「上流階級」という意味を最初に掲げているが、そのほかに「船」あるいは「艦隊」に関わる意味があると辞書は教えてくれるのだ。思うに、市民の義務として国家に何らかの「奉仕」をするに当って、軍艦を建造したり、その装具を調えたり、あるいは水夫（大型の戦闘艦になると漕ぎ手――奴隷――の数は二〇〇人を越えたから、その調達は大問題だった）や水兵を雇ったりする費用を提供することが、「富裕層」「上流階級」の証でもあったからだろう。もう一つ余計なことを書けば、プロレタリアートの語源になったラテン語〈proletarius〉は、もちろんローマ市民のなかの最下層を示すが、さらにその語源を訪ねると、結局〈proles〉に行き着く。この語は、もともと「子孫」（主として男の後継ぎ）の意味を持つ。つまり〈proletarius〉は「（国家を支える将来の）市民の父親である」ということでしか国家（ポリス）に寄与できないような階級ということになる。

こうした階級性がその背後にあるとすれば、「古典」という概念には、どこかしらスノビズムの匂いが付き纏うのも、致し方のないところかもしれない。そんなことを言えば、冒頭からここまでの私の記述などは、スノッブ臭芬々である。念のために付け加えれば、「古典」という概念に纏わりつくスノビズムの響は、「古典」それ自体の罪というよりは、むしろ、それを扱う人間の側の姿勢に専ら依存するものには違いない。

さて、ヨーロッパ中心的な「古典」に拘ることを離れて、「古典」という概念をあらためて次のように定義してみよう。若いころに出会い、その後の自己の形成に決定的な意味を持ち、そして年を重ねても、折に触れて自己確認のために繙くような作品。繰り返し人生のなかで読み、なにほどかの新しき発見を見出すことのできる著作。ちなみに付け加えるが、音楽や芝居、あるいは絵画や彫刻のような美術作品であれば、ひとは同じ作品を何度でも鑑賞するのを躊躇わない。レコードなどは、そうした習慣で成り立っている。文字で書かれた作品に対しては、必ずしもそれほどの「繰り返し」が習慣付けられているとは思えないのは、面白い事実である。話を戻す。ここでは「繰り返し」読む、そのことを一つの条件としてみよう。「古典」をそういう意味で捉えるとすれば、私にとって探し当てるのに困難はない。極めてはっきりしているからだ。

戦前に少年時代を過ごした私の読書体験は、当時の多くの少年たちのそれから大きく外れたものではなかったはずである。幼いころは講談社の絵本、濱田廣介、坪田譲治などの童話、『家なき子』、『小公子』、『ニルスの冒険』などの輸入もの、やがて、四学年上の姉が借りてくる雑誌に載っている林房雄、吉屋信子らの少女小説（私は高校生になるまで、林房雄を少女小説作家だと思い違えていた）あるいは『少年倶楽部』などに載る海野十三、高垣眸、山中峯太郎らの怪奇・冒険小説、佐藤紅緑らの青春小説、さらには母親が定期的にとっていた『主婦之友』や『婦人之友』などまで、ほとんど手当たり次第であった。そのころの雑誌も単行本も、概ねルビが振ってあったので、読むのに難渋することはなく、かえって正式には習ったことのない文字や単語を次々に覚えた。しかし、これらの読み物のなかで、今記憶に残っているものはほとんどない。繰り返し読んだものもない。利那の楽しみを与えてくれたものたちである。四歳から強制的に始めさせられた謡曲のテクストは、今でも諳んじていることは確かだが、その意味を受取れるようになったのは、遥か後年のことである。中学、高校の時代には、土井晩翠や島崎藤村の詩に憧れて、『星落秋風五丈原』、『晩春の別離』などは懸命に暗記したし、そうした作品における文章作法が、現在の私の語り口に陰に陽に影響を与えているかもしれない。しかし、それはそれだけのことである。

私にとって、決定的だったのは結局、漱石と賢治という二人の作家であった。すでに幾つかの機会に書いてきたことの繰り返しになるが、この二人によって自分は「造られた」という意識を、私は死ぬまで持ち続けるだろう。

父親の書棚に、あの独特の装丁の漱石全集があった。はっきりとは憶えていないが、小学校の中期から、私はそれを引っ張り出してきて読み始めたように思う。無論「判った」などとは言えなかったはずだ。しかし、その頃から今日に至るまで、すべての巻を何度読み重ねただろうか、読むたびに新しい発見はあっても、根っこから読み違っていたという思いをしたことがないのは、子供心にも、漱石の本質（と少なくとも今私が考えているもの）をほぼ誤り無く摑んでいたとしか思えない。頑健でなかった幼い私は、ときに熱を出した。治りかけだが、もう一日くらいは寝ていなければ、と言われるような日の、けだるい午後の布団のなかで、私は『それから』を、『門』を、『三四郎』を、貪り読んだ。

その読書のなかから、私は一つの習慣を造ってしまった。漱石の作品に描かれる男性の性格を、一つ一つ自分のなかに探し当てるという習慣を。そして、漱石の見る目で女性を眺めるという習慣を。

『坑夫』という異色の作品の主人公でさえ、ある意味ではそうだが、漱石の描く男性は、基本的に「エゴイスト」であり、インテリの「弱み」を持っている。『明暗』の津田を典型に、『彼岸過迄』に登場する須永、『行人』の一郎、『それから』の代助、『門』の宗助、『こころ』の先生。もちろん漱石の作品に登場するすべての男性が、彼らと同じ性格を共有しているわけではない。やや類型的な対極としての脇役には、『明暗』の小林、『三四郎』の佐々木、あるいは『それから』の平岡など異なったキャラクターが描かれる。あるいは『虞美人草』の主人公はむしろ珍しく藤尾なる女性と考えるべきであるが、彼女に惹かれる宗近君もまた、上の類型からは外れるだろう。しかし、藤尾の兄の甲野さんにはエゴイズムの影は薄いが、「弱さ」は明らかである。

しかも、代助や、甲野さんは（未完の『明暗』の津田もまた、清子とのことを通じて、そこへ到達する可能性はあったのかもしれない）は、「弱さ」を乗り越えてある極点に導かれるのだが、しかし、その極点の必要を作り出したのは、彼ら自身であり、彼ら自身の「弱さ」である。

そして、私はいつも自分のなかに動く心情を見詰めては、それが彼らの「弱さ」に繋がるものであることを確認してしまう。もとより、その確認は決して快いものではない。だから、確認という作業は、その克服という作業に連動している、克服が成功することもあり失敗することもある。私の人生は、一面ではそうした体験の鎖で出来上がってきた、と言えると思う。

同時に、私の目に映る現実の女性たちに、藤尾、糸子（宗近君の妹）、美禰子、延子（『明暗』の細君）、お米（『門』の細君）、三千代、直子（『行人』の二郎の嫂）、梅子（代助の嫂）らの誰かを重ねる癖がついた。つまりどこかで私は、現実の女性を、漱石の目を借りて分析することが習慣になってしまったのである。

賢治について書く余裕はあまり残っていない。ただこの一事は書いて置きたい。賢治の「童話」は、私のなかでは、幼いときに親しんだ他の童話とは本質的に異なった意味を持っていたという点である。最初は、親が与えた童話の類のなかの一つでしかなかったはずだ。横井弘三の独特の装丁と挿絵が印象的な羽田書店版の数冊は、今も書棚にある。しかしほどなく、他の童話は言わば「卒業」してしまったのに、賢治のそれらは、漱石の諸作と並んで、レコードを聴くように、繰り返し操り返し何度も読み続ける特別な存在になっていった。自分を筆頭に、人間を見るとき、私は漱石の目で見る習慣がついたと書いた。同じことを賢治についても書くことができる。自然を見るとき、私はしばしば自分が賢治に学んだ見方で見ようとしている自分に気付く。今さら言うまでも無いが、賢治は一面では自然に面して科学者の目を持つ。『ブドリ』は言わずもがな。『北守将軍ソンバーユ』のような幻想的な作品でさえ、そうした視線ははっきり感じられる。しかし、同時に賢治の目は、科学者の目が通常は捉えない、自然の精妙な襞を決して見逃さない。その眼差しこそ、私が賢治から得たものであった。

（むらかみ・よういちろう　国際基督教大学教授）

（二〇〇三年九月掲載）

（現在は東京大学名誉教授）

科学徒然草（13）
――漱石の俳句と寅彦の実験

小山慶太

正岡子規との交友を通し、句作に励むようになった夏目漱石は生涯におよそ二四〇〇もの作品を残しているが、もっとも熱中した時期は第五高等学校で英語の教授をしていた熊本時代（明治二九年～三三年）であった。このとき、五高で漱石の教えを受けた一人に後に東京帝国大学の物理学教授となる寺田寅彦がいる。この二人、妙に馬が合ったようで、師弟の壁を越えた密な交流は漱石が亡くなる大正五年（一九一六年）まで絶えることなくつづくが、そのきっかけは俳句であった。

後年、寅彦は五高に在学中、初めて夏目先生の私宅を訪れたときの想い出をこう記している。

「雑談の末に、自分は『俳句とはいったいどんなものですか』という世にも愚劣なる質問を持出した。それは、かねてから先生が俳人として有名なことを承知していたのと、その頃自分で俳句に対する興味がだいぶ発酵しかけていたからである」（夏目漱石先生の追憶』昭和七年）。

こうして句作にのめり込んだ寅彦は、習作がたまると批評を乞いに漱石のもとへ足繁く通うようになる。その思いは「まるで恋人にでも会いに行くような心持で通った」と、本人が述懐しているほどであった。当時、漱石は自作を子規に送り、添削指導を受けていたが、自身は自分を慕って頻繁に現れる寅彦の句に対する批評を行っていたのである。

さて、寅彦が五高を卒業し東京帝国大学に入学する明治三二年、漱石が詠んだ句の中に五高の理科室を題材にした次の六つがある。

物理室〔二句〕

南窓に写真を焼くや赤蜻蛉《あかとんぼ》

暗室や心得たりときりぎりす

化学室〔二句〕

化学とは花火をつくる術ならん

玻璃瓶《はりびん》に糸瓜《へちま》の水や二升程

動物室〔二句〕

剝製の鵙《もず》鳴かなくに昼淋し

魚も祭らず獺《かわうそ》老いて秋の風

子規はこの六つのうち、初めに引用した「南窓に……」に○印をつけている。

寅彦によると、当時、秋の陽がかんかん照る物理教室の窓の枠によく写真の焼枠が出してあったという。そこに赤蜻蛉が始終来て止っており、その光景を漱石は詠んだようである（『漱石俳句研究』寺田寅彦、松根豊次郎、小宮豊隆著　岩波書店）。なるほど、陽光の中、体色をいっそう鮮かにして、写真に焼きつけられたようにじっとしている赤蜻蛉の姿が強烈に浮かんでくる。

次の句は、一転、暗室が舞台である。そこから、秋の気配を感じるキリギリスの鳴き声が聞こえてくるという、聴覚に訴える作品になっている。

物理室から化学室に目を移すと、後述するように、一つ目の句はここに引用した他の五句と趣がかなり異なることに気がつく。二つ目は糸瓜の水が入ったガラスびんがぽつんと置かれている実験室の光景を詠んでおり、物理室の二句と同様、教室独特の雰囲気を即妙に映し出している。動物室の二句についてもまた、然りである。

剥製にされたモズが鳴くことはないし、カワウソも魚を獲って並べることはしない。彼らは標本ケースの中でただじっとしているだけである。一般に剥製はその動物の形態は復元しているものの、彼らの血のかよった生態は殺《そ》ぎ落としてしまっている。したがって、形態がリアルであればあるほど生態との隔離は大きくなり、そこに命が枯れた寂寞感が漂う。漱石はそれを「昼淋し」、「秋の風」という言葉に託し、標本が陳列された部屋特有の空気を表している。

ところが、いま触れたように、「化学とは花火を造る術ならん」にはそうした情景描写はまったく見られない。代わってそこにあるのは、化学という学問がどのような営みであるかをまるで定義、解説しているかのような一文である。それだけに俳句としてはかなり珍しい作品といえそうであるが、化学を花火に仮託したところに漱石の慧眼《けいがん》を見て取ることができる。その事実は後に、寺田寅彦が行った実験により実証されることになるのである。

昭和二年（一九二七）、寅彦は随筆「備忘録」の中に次のような書き出しで始まる線香花火の話を書いている。

「夏の夜に小庭の縁台で子供等の弄《もてあそ》ぶ線香花火には、大人の自分にも強い誘惑を感じる。これによって自分の子供時代の夢が甦《よみが》えって来る。今はこの世にない親しかった人々の記憶が喚び返される」

線香花火は硝石、硫黄、炭素の粉を混ぜて磨《す》り合わせ、それを和紙の紙撚《こより》の先に包み込んだものであるが、薄い西洋紙で紙撚をつくるとすぐに紙が焼き切れ、線香花火特有の火球が持続しないのだという。火花が火球から放散される花火は日本の伝統工芸がうみ出した夏の風物詩であった。寅彦はその有様を随筆の中で、火薬の燃焼が始まり、火球が生長し、火花が松葉のようにはじけ、やがて火球がポトリと落ちるまでの一幕を、詩的に表現している。

このころ、随筆と併せて、寅彦は門下生の中谷宇吉郎を誘い、線香花火の輝きを実験で調べることを試みている。それによると、ガラス板で火花を受け、顕微鏡でのぞくと、火花は炭素粒の塊がある種の塩《えん》と思われる透明物質に包まれたものであることがわかった。そして、この透明な溶融物質中の炭素粒が高温下で爆発的な燃焼を起こし、塊を飛散させると、火花が松葉のように分裂するのである。そこで、火花の写真を撮ってみると最初の爆発で生じた小火花がさらに二次、三次の爆発を起こし、その相乗効果で美しい松葉が形成されることが示された。

次に火球の中で進行する化学反応を調べるため、火球を水に落とした溶液と、ガラス板に受けた火花を洗い取った液の定性分析が行われた。その結果、硝石が分解して酸素を供給し、硫黄と炭素粉の燃焼を助け、その際、急激に発生する気体で火花が勢いよく放出される過程が確認された。

また、光学的高温計を用いて火球の温度変化を測定したところ、九四〇℃くらいになると松葉のように火花が出はじめるが、その後徐々に温度が下がって八五〇℃くらいになると火花は止まり始め、間もなく消失することがわかった。火球が静寂の中でジリジリ沸騰していく間に化学反応が進み、臨界温度に達すると、絢爛《けんらん》な松葉火花のショーが始まるというわけである。

そこで、臨界温度に達する前に、水晶レンズで集光したアーク灯の光の熱線を火球の片面に当てたら、火花が発生するかどうかの実験が試みられた。この場合、表面の温度は上昇するものの、内部では、まだ化学反応が十分に進行していないため、火花は放出されないことが判明した。それでも、火球の表面からは非常に小さい煙の輪が立ち昇る現象が見られ、これは火花としては捉えられないくらい極微の溶融滴が盛んに噴出されているためらしかった。この段階を経て化学反応がさらに進むと、温度のゆらぎが大きくなり、火球の一部で気体発生に勢いがつき、火花が放出されるようになるのである。

　こうして、寅彦は漱石が熊本時代に詠んだ俳句をまさに科学の俎上《そじょう》にのせるような実験を行い、「化学とは花火を造る術ならん」ことを具体的に示したのである。このとき、漱石はすでに泉下の人となっていたが、線香花火の化学分析は三〇年という時代を隔てながらもなお、みごとに成し遂げられた師弟の文理融合を地でいく共同作業の傑作となった。


　寅彦は昭和三年、「夏目先生の俳句と漢詩」と題する一文の中で、次のような指摘を行っている。

「夏目先生が未だ創作家としての先生自身を自覚しない前に、その先生の中の創作家は何処《どこ》かの隙間を求めてその創作に対する情熱の発露を求めていたもののように思われる。その発露の恰好《かっこう》な一つの創作形式として選ばれたのが漢詩と俳句であった。云わば遠からず爆発しようとする火山の活動エネルギーがわずかに小噴気口の噴煙や微弱な局部地震となって現われていたようなものであった」

　漱石の俳句と漢詩の鑑賞、解釈に関する論考は数多く見られるが、この短い詩形の中に文豪となる前の漱石に宿っていた創作エネルギーの発露を見て取ったのは寅彦だけではないかと思う。そして、文豪となる以前の漱石を描写したこの一文、火球の中で温度の上昇とともに化学反応が進行し、火花が松葉のようにはじけ出す線香花火を彷彿させるものがある。因みに、漱石が創作家として情熱を発露させる臨界点は、『吾輩は描である』を発表した明治三八年ということになろうか。

その後、漱石は数々の名作をうみ出すわけであるが、寅彦はそれと関連づけ、「夏目先生の俳句と漢詩」をこう結んでいる。

「先生の俳句を味わう事なしに先生の作物の包有する世界の諸相を眺める事は不可能なように思われる。また先生の作品を分析的に研究しようと企てる人があらばその人はやはり充分綿密に先生の俳句を研究してかかる事が必要であろうと思う」

漱石文学の特色のひとつに、科学の話題が作品の中に自然に溶け込み陰に陽にストーリーを盛り上げる効果をうみ出していることがあげられる。それは取りも直さず、漱石の科学に対する関心と理解の深さによるものであるが、そうした漱石文学の諸相の一端は寅彦が指摘するとおり、「化学とは花火を造る術ならん」という俳句の中にすでに芽生えていたのである。

（こやま・けいた　早稲田大学教授）

（二〇一六年夏号掲載）

「漱石山房」記念館

橋本　隆

漱石山房での執筆活動とその変遷

新宿区は夏目漱石が、生まれ育ち、その生涯を閉じたまちです。生誕の地は、牛込馬場下横町（現・喜久井町）、父親の名づけた「夏目坂」は今も区道の愛称として、その名を引き継いでいます。漱石は晩年の九年間を早稲田南町で過ごし、本格的な執筆活動を開始、『こゝろ』『三四郎』『それから』『門』など数々の名作を世に送り出します。そして『明暗』の執筆半ば、四九歳の若さでこの世を去るまで過ごしたこの家は漱石山房と呼ばれ、多くの文学者や評論家、科学者、新聞記者などが訪れました。その会合は毎週木曜日に開催されたことから、「木曜会」と呼ばれる文学サロンも兼ねるなど、日本の文学史上においても重要な役割を果たしてきました。

この家は喜久井町の生家から目と鼻の先にあり、敷地面積は三四〇坪、そのほぼ中央に六〇坪の和洋折衷の平屋建て、建物東半分に巡るモダンなベランダ式回廊が大きな特徴でした。外構には、大きな芭蕉《ばしょう》の木が植えられ、木賊《とくさ》が庭を埋め尽くしていました。

漱石は一番東側の一〇畳間を書斎とし、その隣を客間として、門下生たちとの「木曜会」はこの部屋で催されました。

明治四〇年（一九〇七）に漱石山房へ転居した漱石は、作家業に専念し始め、『坑夫』や『三四郎』を連載小説として次々と発表していきます。この頃は、一日の執筆量も原稿用紙一七枚から二〇枚と、はかどっていたようですが、いわゆる「修善寺の大患」（明治四三年（一九一〇）以降、『彼岸過迄』を執筆する頃になると、連載一日分の八枚程度に減りました。それでも大正二年（一九一三）に胃潰瘍により『行人』を途中で休載したほかは、一回も連載を休むことはありませんでした。体調の悪化に苦しみながらも、几帳面に原稿を執筆していた漱石の誠実な姿が浮かび上がってきます。

大正五年（一九一六）の漱石没後、大正七年（一九一八）鏡子夫人が土地を購入、山房は遺族により、旧家屋の三倍ほどの広さの二階屋に改築されましたが、その際も書斎と客間、回廊だけはそのままの形で母屋から切り離し、敷地の東南隅に移築保存されました。そして、今回、記念館の建設に先立ち、埋蔵文化財の調査を実施した際、偶然にも鏡子夫人が改築した住居の水廻り部分と推定される遺構が発見されました。発見された遺構については、「土地の記憶」を記録し顕在化するとともに、記念館で公開・活用できるよう工夫し、漱石ファンの皆さまに息吹きを感じていただけるよう取り組んでまいります。

その後、夏目邸は移築保存された漱石山房とともに、昭和二〇年（一九四五）の空襲で焼失。昭和二五年（一九五〇）、東京都が跡地を購入し、公園及び都営住宅として整備、昭和五二年（一九七七）に新宿区に譲渡されました。移管後、区は跡地を「新宿区立漱石公園」及び「区営住宅」として管理、昭和六一年（一九八六）には、漱石生誕の地及び終焉の地を「史跡」に指定、平成二〇年（二〇〇八）の漱石生誕一四〇周年を機に公園をリニューアル、彫刻家・富永直樹氏作のブロンズ製の漱石胸像や、昭和二八年（一九五三）に復元された、夏目家で飼っていたペットの供養塔「猫塚」に加え、漱石山房のベランダ式回廊の一部も再現。また、園内には漱石や漱石山房に関するパネルなどを展示している情報発信施設「道草庵」も併設、漱石の魅力や山房の情報を広く発信しています。

漱石山房の復元に向けた取組み

かつて漱石山房があったこの地は、多くの漱石愛好家にとって、漱石の暮らしや創作の息づかいを感じることのできる場所です。

新宿区では、この近代文学史上重要な場所である「夏目漱石終焉の地」を、大切な「記憶」として次世代に受け継いでいくために、区民の皆さんや全国の漱石ファン、研究者などのご要望も取り入れて、平成二〇年（二〇〇八）より、山房復元に向けた調査・検討とともに、イベント等による情報発信を開始しました。平成二三年（二〇一一）年度には、漱石山房の復元に関する基礎調査を実施し、漱石や木曜会に集った弟子たちの著作など七八件の文献から約一八〇〇以上の記述や画像を抽出するとともに、漱石に関する資料を有する全国の文学館や博物館、大学図書館等へのアンケート調査や訪問調査、ご遺族・漱石研究家等関係者へのインタビュー調査などを交え、多くの関係者の皆様から多大なるご協力をいただき、「調査報告書」として取りまとめ、山房復元に向けた基礎資料を得ることができました。

図１　漱石山房記念館外観イメージ

平成二四（二〇一二）年度には、（仮称）漱石山房記念館の整備に向けて、漱石や木曜会に集った弟子たちのご親族、学識経験者、地域団体代表、公募委員の皆さんで構成される（仮称）漱石山房記念館整備検討会を設置し、記念館の基本的なあり方について検討、記念館建設への本格的な取り組みを開始しました。平成二五年（二〇一三）三月には、検討会から（仮称）漱石山房記念館整備基本計画（案）が新宿区長あてに提出され、区では同案をもって整備基本計画と定め、ここに記念館の目指す姿が明らかになりました。

記念館の目指す姿

一、記念館の内部に漱石山房の一部を再現し、漱石が暮らし、執筆した空間を可視化します。

二、文学館としての基本的機能を備え、初の本格的漱石記念館と

図２　漱石山房　書斎の再現イメージ

しての役割を果たします。
三、気軽に誰でも利用できる、利用者にも地域にもオープンな記念館を目指し、魅力ある交流スペースを整備します。
四、地域や大学・民間企業等、他機関との連携・協力を重視します。

　漱石山房の再現に際しては、先の基礎調査にて得られた資料をもとに、書斎・客間・ベランダ式回廊を中心に、検証可能なできる限りの範囲を記念館内に再現することで、土地の記憶を可視化し、漱石が暮らし、執筆した空間を体感できるよう整備を進めます。

漱石山房記念館のコンセプト

　基礎調査の結果からは、山房の設計図や新たな資料は発見されず、その方面からの探索は不可能であることが判明しました。写真が比較的残されていて、関係者の証言を集めることができた書斎・客間と、これを取り巻くベランダ式回廊を、再現山房という目に見えるかたちにすることによって、この地で漱石が暮らし、数々の名作を執筆し、弟子たちと交流した様子などを、大切な土地の記憶として次世代に受け渡していきます。また、館内では、漱石の生涯や作品の魅力を発信するほか、木曜会に集った友人や弟子に関する情報を収集し、平成二三年度の基礎調査の成果をもとにさらに調査研究や情報発信にも努めるほか、漱石や「漱石山脈」と称された友人・弟子たちに関する研究拠点としての役割も果たしていきます。

もう一つの大切なことは、この施設が多様な人々が集う区または地域の文化観光の拠点となることです。記念館建設の地である牛込地域には、中世以来の古い歴史があり、また漱石と同時代にも尾崎紅葉・泉鏡花・北原白秋・島村抱月ら多くの文学者が足跡を残した場所として、その歴史・文化にも触れることのできる魅力ある地域です。多くの人がまち歩きや歴史（文学）散歩などの拠点として活用できるほか、街なかの交流スペースとしての役割も担っていきます。このような機能を持つことで、漱石の素顔や作品の魅力を体感できる空間を形成するとともに、来館者を牛込界隈へ導いていくことのできる工夫をこらし、多様な人々が集い、交流を図ることのできる魅力ある記念館運営を目指します。

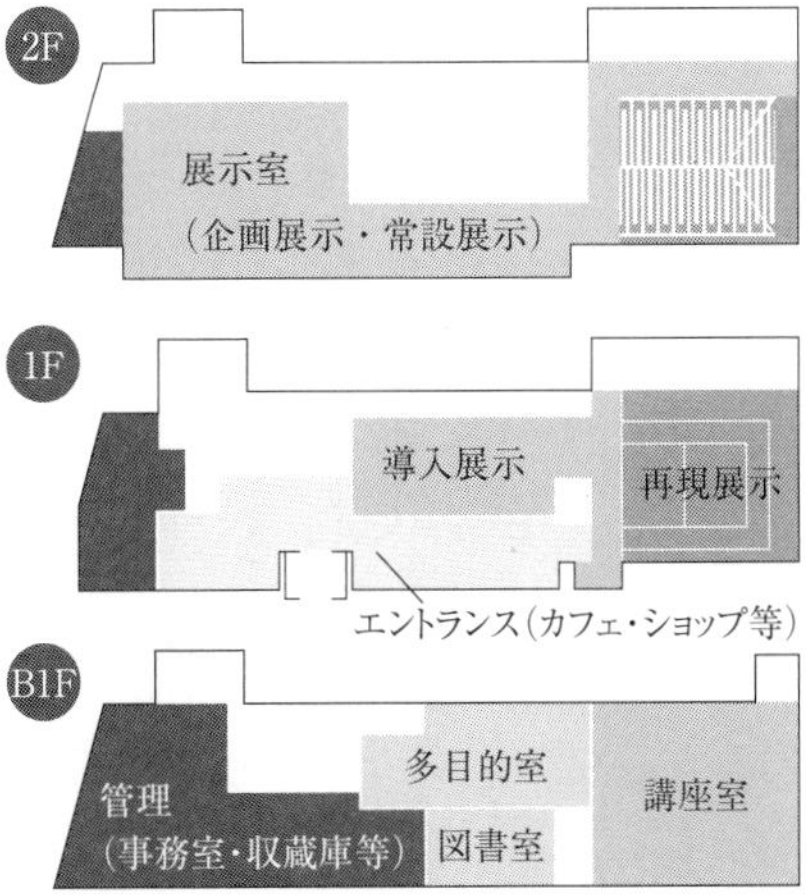

図３　漱石山房記念館　各階のイメージ

生誕一五〇周年（二〇一七年）、記念館開館に向けて

平成二六年度から二七年度には、整備基本計画に基づき、建設及び展示設計を策定するとともに、夏目漱石記念施設整備基金を創設、「ともに創ろう、漱石山房記念館」を掲げ、全国の漱石を愛する皆さま、社会各層でご活躍の皆さま、文化芸術の振興に理解の深い企業団体の皆さまなどから多くのご寄附、ご協力をいただいています。そして、この四月からは、敷地面積一千一〇〇平方メートル、建築面積五三〇平方メートル、地上二階、地下一階の記念館の建設がいよいよ始まりました。多くの漱石ファンが、かけがえのない土地に夢見てきた、記念館が間もなく姿を現します。竣工は二〇一七年五月、記念館の開館は九月を予定しています。建設状況や今後のイベント情報については、随時ホームページ「漱石山房記念館」（http://soseki-museum.jp/）に掲載していきますので、ぜひご覧ください。

漱石が晩年の九年間を過ごした早稲田南町の漱石山房。山房での多様な人々との交流を通じて、数々の名作が生まれました。記念館の開館を機に、世代を超えて読み継がれる漱石の功績を顕彰し、貴重な文化遺産として、次世代に引き継いでまいります。さらに、記念館を訪れていただいた方々に、新たな交流が創出されることを期待しています。

（はしもと・たかし　新宿区文化観光産業部文化観光課長）

（二〇一六年夏号掲載）

付録——余と萬年筆

夏目漱石

此間魯庵君に會つた時、丸善の店で一日に萬年筆が何本位賣れるだらうと尋ねたら、魯庵君は多い時は百本位出るさうだと答へた。夫では一本の萬年筆がどの位長く使へるだらうと聞いたら、此間横濱のもので、ペンはまだ可なりだが、軸が減つたから軸丈易へて呉れと云つて持つて來たのがあるが、此人は十三年前に一本買つたぎりで、其一本を今日迄絶えず使用してゐたのだといふから、是がまあ一番長い例らしいと話した。して見ると普通の場合ではいくら殘酷に使つても大抵六七年の保證は付けられるのが、一般の萬年筆の運命らしい。一本で夫程長く使へるものが日に百本も出ると云へば萬年筆を需用する人の範圍は非常な勢を以て廣がりつゝあると見ても滿更見當違ひの觀察とも云はれない樣である。尤も多い中には萬年筆道樂といふ樣な人があつて、一本を使ひ切らないうちに飽が來て、又新らしいのを手に入れたくなり、之を手に入れて少時すると、又種類の違つた別のものが欲しくなるといつた風に、夫から夫へと各種のペンや軸を試みて嬉しがるさうだが、是は今の日本に澤山あり得る道樂とも思へない。西洋では烟管《パイプ》に好みを有つて、大小長短色々取り交ぜた一組を綺麗に暖爐の上などに並べて愉快がる人がある。單に蒐集狂といふ點から見れば、此烟管《パイプ》を飾る人も、盃を寄せる人も、瓢簞を溜める人も、皆同じ興味に驅られるので、同種類のもの丶うちで、素人に分らない様な微妙な差別を鋭敏に感じ分ける比較力の優秀を愛するに過ぎない。萬年筆狂も性質から云へば、多少實用に近い點で、以上と區別の出來ない事もないが、強いて無くても濟むものを五つも六つも取り揃へるのだから今擧げた種類の蒐集狂と大した變りのある筈がない。たゞ其數に至つては、少なくとも目下の日本の狀態では、西洋の烟管《パイプ》氣狂の十分の一も無からうと思ふ。だから丸善で賣れる一日に百本の萬年筆の九十九本迄は、尋常の人間の必要に逼られて机上若くはポケツト内に備へ付ける實用品と見て差支あるまい。して見ると、萬年筆が輸入されてから今日迄に既に何年を經過したか分らないが、兎に角高價の割には大變需用の多いものになりつ丶あるのは爭ふ可らざる事實の様である。

萬年筆の最上等になると一本で三百圓もするのがあるとかいふ話である。丸善へ取り寄せてあるのでも既に六十五圓とかいふ高價なものがあるとか聞いた。固より一般の需用は十圓内外の低廉な種額に限られてゐるのだらうが、夫にしても、一つ一錢のペンや一本三錢の水筆に比べると何百倍といふ高價に當るのだから、それが日に百本も賣れる以上は、我々の購買力が此便利ではあるが贅澤品と認めなければならないものを愛玩するに適當な位進んで來たのか、又は座右に缺くべからざる必要品として價の廉不廉に拘はらず重寶がられるのか何方《どちら》かでなければならない。然し今其源因を一つに片付けるのは愚の至として、又事實の許す如く、しばらく兩方の因數が相合して此需用を引き起したとして、余はとくに余の見地から見て、後者の方に重きを置きたいのである。

自白すると余は萬年筆に餘り深い縁故もなければ、又人に講釋をする程に精通してゐない素人なのである。始めて萬年筆を用ひ出してから僅か三四年にしかならないのでも親しみの薄い事は明かに分る。尤も十二年前に洋行するとき親戚のものが餞別として一本吳れたが、夫はまだ使はないうちに船のなかで機械體操の眞似をしてすぐ壞して仕舞つた。夫から外國にゐる間は常にペンを使つて事を足してゐたし、歸つてから原稿を書かなくてはならない境遇に置かれても、下手な字をペンでがし〱書いて濟ましてゐた。それで三四年前になつて何故萬年筆に改めやうと急に思ひ立つたか、其理由は今一寸思ひ出せないが、第一に便利といふ實際的な動機に支配されたのは事實に違ない。萬年筆に就て何等の經驗もない余は其時丸善からペリカンと稱するのを二本買つて歸つた。さうして夫をいまだに用いてゐるのである。が、不幸にして余のペリカンに對する感想は甚だ宜しくなかつた。ペリカンは余の要求しないのに印氣を無暗にぽた〱原稿紙の上へ落したり、又は是非墨色を出して貰はなければ濟まない時、頑として要求を拒絶したり、隨分持主を逆待した。尤も持主たる余の方でもペリカンを厚遇しなかつたかも知れない。無精な余は印氣がなくなると、勝手次第に机の上にある何んな印氣でも構はずにペリカンの腹の中へ注《つ》ぎ込んだ。又ブリユー・ブラックの性來嫌いな余は、わざ〱セピヤ色の墨を買つて來て、遠慮なくペリカンの口を割つて呑ました。其上無經驗な余は如何にペリカンを取り扱ふべきかを解しなかつた。現にペリカンが如何に出澁つても、余は未だかつて彼を洗濯した試がなかつた。夫でペリカンの方でも半ば余に愛想を盡かし、余の方でも半はペリカンを見限つて、此正月「彼岸過迄」を筆するときは又一と時代退歩して、ペンとさうしてペン軸の舊弊な昔に逆戻りをした。其時余は始めて離別した第一の妻君を後から懐かしく思ふ如く、一旦見棄たペリカンに未練の殘つてゐる事を發見したのである。唯のペンを用ひ出した余は、印氣の切れる度毎に墨壺のなかへ筆を浸して新たに書き始める煩はしさに堪へなかつた。幸にして余の原稿が夫程の手數が省けたとて早く出來上る性質のものでもなし、又ペンにすれば余の好むセピヤ色で自由に原稿紙を彩どる事が出來るので、まあ「彼岸過迄」の完結迄はペンで押し通す積でゐたが、其決心の底には何うしても多少の負惜しみが籠つてゐた様である。

余の如く機械的の便利には夫程重きを置く必要のない原稿ばかり書いてゐるものですら、又買ひ損なつたか、使ひ損なつたため、萬年筆には多少手古擦つてゐるものですら、愈萬年筆を全癈するとなると此位の不便を感ずる所をもつて見ると、其他の人が價の如何に拘はらず、毛筆を棄てペンを棄て、此方に向ふのは向ふ必要があるからで、財力ある貴公子や道樂息子の玩具に都合のいゝ贅澤品だから買れるのではあるまい。

萬年筆の丸善に於る需用をさう解釋した余は、各種の萬年筆の比較研究やら、一々の利害得失やらに就て一言の意見を述べる事の出來ないのを大いに時勢後れの如くに耻ぢた。酒呑が酒を解する如く、筆を執る人が萬年筆を解しなければ濟まない時期が來るのはもう遠い事ではなからうと思ふ。ペリカン丈の經驗で萬年筆は駄目だといふ僕が人から笑はれるのも間もない事とすれば、僕も笑はれない爲に、少しは外の萬年筆も試してみる必要があるだらう。現に此原稿は魯庵君が使つて見ろといつてわざ〳〵贈つて呉れたオノトで書いたのであるが、大變心持よくすら〳〵書けて愉快であつた。ペリカンを追ひ出した余は其姉妹に當るオノトを新らしく迎へ入れて、それで萬年筆に對して幾分か罪亡ぼしをした積なのである。

（『萬年筆の印象と図解カタログ』、丸善、一九一二年掲載）

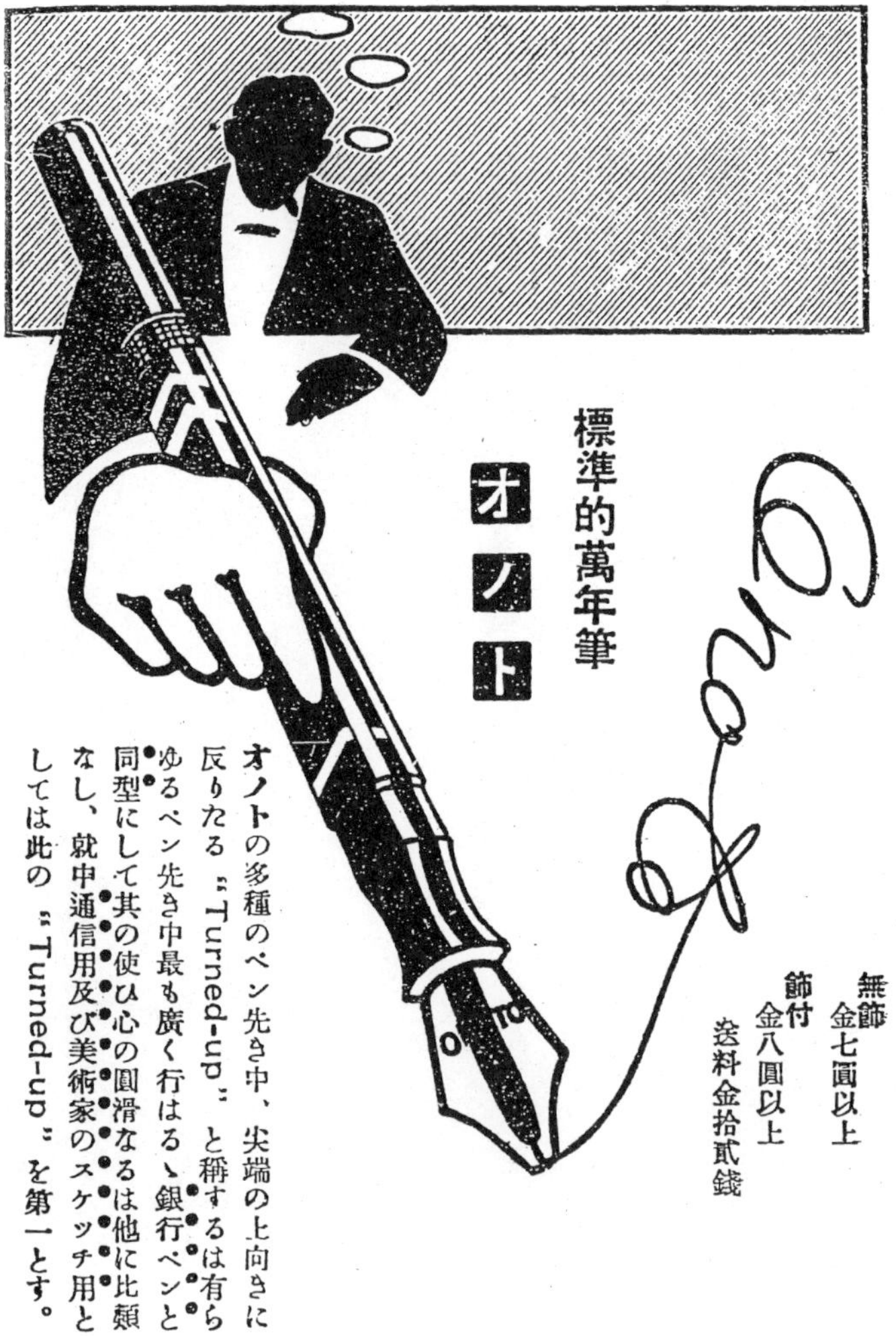
標準的萬年筆
オノト
Onoto
無飾　金七圓以上
飾付　金八圓以上
送料金拾貳錢
オノトの多種のペン先き中、尖端の上向きに反りたる"Turned-up"と稱するは有らゆるペン先き中最も廣く行はるゝ銀行ペンと同型にして其の使ひ心の圓滑なるは他に比類なし、就中通信用及び美術家のスケッチ用としては此の"Turned-up"を第一とす。

大正 6 年『學鐙』広告より

解説

小山慶太

今年（二〇一七年）は夏目漱石生誕一五〇年であり、「學鐙」創刊一二〇年に当たる節目の年となる。そして、この間「學鐙」には漱石自身の作品「カーライル博物館」をはじめとし、多くの執筆者による漱石論がバラエティ豊かに掲載されてきた。

そこで、漱石自身の作品一編と他の執筆者による漱石論の中から二五編を選び、〝「學鐙」一二〇年に映る漱石〟というテーマでアンソロジーを編んでみた次第である。

収録した作品は「學鐙」に発表された年代順に並べてあるが、それらを（一）漱石の「カーライル博物館」、（二）漱石を囲む門下生、（三）松山と熊本時代の漱石、（四）ロンドン時代の漱石、（五）漱石の俳句と漢詩、（六）『吾輩は猫である』、（七）漱石の気質、という項目に分類し、以下に解説を試みた。

（一）漱石の「カーライル博物館」

巻頭に載せた漱石の「カーライル博物館」（一九〇五年一月号、以下、カッコ内は「學鐙」の掲載号）は、夏目金之助の名前で書かれたロンドン留学時代（一九〇〇〜〇二）の想い出を素材にした随筆である。

カーライルは一九世紀イギリスの思想家で、彼の没後、ロンドン南西部にある住居が博物館（Carlyle's House）として公開されていた。一九〇一年八月三日、漱石は化学者の池田菊苗と共にここを見学に訪れており（荒正人『増補改訂　漱石研究年表』集英社）、そのとき眺めた住居の内観や雰囲気、展示品、書棚に並んだ蔵書の数々、案内係の口上などを回想しながら、カーライルの人物像を綴ったのである。

随筆ではあるが「余」という一人称を使った語り口や、冒頭にある公園の情景描写には創作的な色合いも感じられる。この作品が「學燈」に掲載された一九〇五年一月に、漱石は『倫敦塔』を「帝国文学」に、『吾輩は猫である』第一回を「ホトトギス」に発表している。また、その翌年には『坊ちゃん』、『草枕』など今日ではすっかりお馴染みとなった創作が相次いで執筆されている。

当時、漱石は東京大学で英文学を講じていたが、こうした一連の作品を見ると、一九〇五年を契機にして、旺盛な執筆活動を開始したことがよくわかる。そこから手応えを感じ自信を得たのであろう、漱石は一九〇七年大学を去り、朝日新聞に入社、専業作家となって文豪への道を歩み出すのである。

「學燈」に筆を執った「カーライル博物館」はまさに漱石が英文学者から小説家へ、つまり作品を研究、鑑賞する側から、される側へと転じようとする過渡期に書かれたわけである。そのように考えると、この創作風な随筆は漱石の文学活動をたどる上で、重要な転換期の一作となっている。

なお、漱石はつづけて「學燈」一九〇五年二月号に、「カーライル博物館所蔵カーライル遺書目録」（本書では割愛）というリストも載せている。これについて漱石は一九〇四年一二月一二日、「學燈」の編集に当っていた内田魯庵に宛て、「學燈」の読者の中にはカーライルの蔵書に興味をもつ人もあるかもしれないので、写しとったものを送りますと書いている（『漱石全集』第二二巻、岩波書店）。

この点に関連して、紅野敏郎「「學鐙」を読む（7）――佐久間信恭と鷗外・漱石・敏」（一九八九年七月号）に次のような指摘がある。

「カーライル博物館」の掲載は、のちの「學鐙」に頻出する良質の随想の先駆といってよかろう。広がりと深みを持った作品が「ビブリオグラフヰー」の要素とともに併存する誌面がここから生れたのである。カーライルの「蔵書目録」をもあわせ示したところに、一人二役の仕事をいそいそと果した漱石の姿をかいまみることが出来る。

漱石の寄稿は、一二〇年に及ぶ「學鐙」の歩みと性格づけにも少なからぬ影響を与えたようである。

(二) 漱石を囲む門下生

漱石は多くの門下生に慕われていたことが知られているが、本書にはその中から師との交流がきわめて深かった二人の人物の想い出を収録した。

小宮豊隆「漱石と読書」(一九三六年五月号)には、漱石が自ら〝人工的インスピレーション〟と称して実践していたという読書の活用法が紹介されている。

漱石は小説を書き出す前に創作意欲をかきたてるため、手当り次第に小説を読む習慣をずっとつづけていたと、師の執筆の舞台裏を小宮は〝暴露〟している。漱石は読書によって気分を昂揚させ、それを刺激にして創作のインスピレーションをかき立てようとしていたのであろう。師の習慣について小宮は「漱石の読書はひとつの〝創造〟活動であった」と表現している。

そういえば、東京大学で行った講義にもとづいて編まれた『文学論』(一九〇七年)や『文学評論』(一九〇九年)には夥しい数の英文学作品が引用されており、研究者であった漱石の読書量のすさまじさ——それは量だけでなく、読み込みの深さも含めて——には圧倒される。こうした漱石の恐るべき読書癖は小説家となってからも変らなかったことが、小宮の一文からうかがえる。

学問研究も創作も独創性が命である。それは豊富な読書量によって培われた土壌の中から生まれることを、漱石は一貫して感得していたのであろう。

ところで、漱石は蔵書の余白によく書き入れをしていたが、森田草平「新秋漫語」（一九三九年九月号）にはこの書き入れについてのあるエピソードが綴られている。

一九三九年の春、亡き師の旧宅で手にした本の扉に漱石が走り書きをした梗概と読後感をみつけた森田は、漱石の肉筆に心惹かれ、その本を急に読みたくなったという。そして三日ほど旧宅に通いつめ、読了したと書いている。

漱石が没したのは一九一六年であるから、このときすでに二三年が経過していたわけである。それでもなお、たまたま目にした師の直筆から強い懐旧の念に駆られるというのは、森田にとって漱石はまさに〝永遠の師〟であった証であろう。

こうした師に対する敬慕の思いは多くの門下生に共通するところであるが、漱石山脈の中では物理学者という異色の存在であったにもかかわらず、漱石との親交がきわめて深く互いに影響を及ぼし合う間柄であったのが寺田寅彦である。

一八九六年、漱石は熊本の第五高等学校に英語の教授として赴任、その年、入学してきた学生の一人が寅彦であった。漱石、二九歳、寅彦、一八歳である。というわけで、この二人、教師と学生として出会ったわけであるが、以来、漱石が一九一六年に亡くなるまで二〇年に渡り、端から見ると、二人の交流は少し歳の離れた友人とでも形容したくなる仲となってつづけられた。

そこから、漱石の小説には寅彦を擬したと思われる登場人物（『吾輩は猫である』の水島寒月や『三四郎』の野々宮宗八、二人とも気鋭の物理学者）が描かれており、また、科学に関する話題（首縊りの力学、ニュートン力学、重力の法則、光線の圧力測定、ポアンカレの「偶然」など）がいろいろな作品の随所に織り込まれている。こう見てくると、寅彦は漱石の創作舞台の貴重な〝裏方〟を果していたようにも思われてくる。

太田文平「漱石の作品に現われた寅彦」（一九六五年一二月号）には、こうした師弟関係をめぐるさまざまな断章が綴られている。そして、漱石と寅彦のつながりが「同質的な人間性のかもし出すへだてのない、温い愛情の交流と透徹した理解とに支えられている」と捉えられている。

ところで、漱石が四九歳で亡くなるまで、晩年の九年間を過した住まいは「漱石山房」と呼ばれ、門下生たちの集いの場となっていた。しかし、各人が勝手にばらばらに訪れてくると漱石の執筆に支障を来すようになったことから、彼らのために毎週木曜日と日を決め、書斎の隣りの客間で集まりがもたれるようになった。これが「木曜会」というサロンの始まりである。

目下、新宿区により、漱石山房の跡地（新宿区早稲田南町）に記念館を建設し、そこに漱石の書斎と木曜会が開かれていた客間、そしてベランダ（ここで漱石が椅子に座ってくつろぐ写真が残されている）を復元する工事が進められている（開館は二〇一七年九月の予定）。

橋本隆「「漱石山房」記念館」（二〇一六年夏号）には、山房復元に至る経緯とその構想が詳述されている。そこに足を踏み入れれば、漱石を囲み談論風発に熱中する門下生たちの姿が、臨場感をもって浮かんでくるかもしれない。

(三) 松山と熊本時代の漱石

漱石は一八九五年四月から翌九六年三月までの一年間、松山の愛媛県立尋常中学校に英語教師として赴任、その後、九六年四月には寺田寅彦と出会うことになる熊本の第五高等学校に転任し、イギリス留学に出発するまでの四年余りを同地で過している。

このうち、松山時代の体験が物理学校出身の数学教師を主人公にした『坊っちゃん』に活かされていることは、よく知られるとおりである。それだけに、以前から、登場人物のモデル探しや小説に描かれた出来事の真相をめぐる詮索があれこれと行われてきた。

半藤一利「月給八〇円の嘱託教員——漱石の松山行き・探偵メモ」(一九九八年八月号)には、松山中学に当時、実在した教師たちのプロフィール、担当科目、あだ名、月給、さらには漱石が着任する前に起きた学内騒動などが記されている。『坊っちゃん』のストーリーと照らし合わせながら読むと、興をそそられる。

それにしても、二八歳の新任教師であった夏目先生の月給が校長より二〇円も高い八〇円というのには驚かされる。漱石は校内一の高給取りであった(因みに、「坊っちゃん」の月給は半分の四〇円に設定されている)。

高等師範学校で英語の授業を担当していた漱石が突然、東京を去り、都落ちをするかのようにして四国の中学校へ転じたのは何か訳があったのかと、これも以前から、諸説紛々、あれこれ勘ぐられているが、八〇円という破格な高給とからめた半藤の推理はなかなか興味深い。

さて、松山から熊本に移った漱石は第五高等学校に着任早々、端艇部（ボート部）の部長を委嘱されたという、やや意外な話が上林暁「漱石と五高」（一九五八年一月号）に紹介されている。正岡子規が野球に熱中していたことはよく知られているが、漱石とスポーツとのかかわりはほとんど話題に上ったことがなかった。ところが、文豪は学生時代、端艇競漕を好んで行っていたそうなので、実はそれほど意外ではなかったのである。

一八九七年の夏、五高生が二隻のカッターを佐世保から熊本郊外の江津湖まで廻漕する催しが行われたとき、百円近い赤字が出てしまった。それを耳にした端艇部の夏目部長は平然と自腹を切って、赤字の穴埋めをしたと上林は記している。因みに、このとき漱石の月給は百円であったという。

ところで、松山時代の教師生活が『坊っちゃん』の下敷きとなったように、熊本時代の体験が画工（西洋画家）を主人公にした『草枕』につながったと考えられている。

「山路《やまみち》を登りながら、かう考えた。／智《ち》に働けば角《かど》が立つ。情に棹させば流される。意地を通せば窮屈だ。兎角に人の世は住みにくい」（『漱石全集』第三巻、岩波書店）という有名な書き出しで始まる『草枕』の舞台となった温泉場のモデルが、熊本市の西北に位置する小天《おあま》温泉とみなされているからである。漱石は一八九七年の暮から年明けにかけ、友人とこの地を旅行し、前田覚之助（大同倶楽部領首で衆議院議員）の別荘に泊っている。そして、『草枕』の「那美」のモデルとなった女性は前田の長女卓子《つたこ》で、嫁した後、実家に戻り、家事を手伝っていたという（荒正人、前掲書）。

渋沢秀雄「「草枕」追跡」（一九六九年三月号）には、小天温泉を訪れ、「漱石館」として保存されていた旧前田別荘に足を運んだときの紀行が綴られている。名作の舞台をたどった際に感じた、現実とフィクションとのギャップを素直に語ったところが面白い。

(四)　ロンドン時代の漱石

熊本の五高に在職中、漱石は文部省よりイギリス留学を命じられ、一九〇〇年九月八日、横浜港から「プロイセン号」に乗船、二年余を過すことになるロンドンへ向け旅立った。パリを経由してロンドンに到着したのは、一〇月二八日である。

荒正人「一九〇〇年（明治三十三年）十二月二十二日（土）」（一九七五年三月号）には、留学生活を始めて二か月ほどが経ったある一日の漱石の動静が記録されている。いったい、標題にあるこの日、漱石に何があったのかというと、日本郵船の「備後丸」で帰国の途につく知人を見送るため、フェンチャーチ通り停車場まで出かけたという、ただそれだけのことである。

では、なぜ、特にどうということもない一日のことを伝えるために「學鐙」に一文が物されたのかというと、当時、荒は『漱石研究年表』（集英社版『漱石文学全集』別巻）の改訂に取り組んでいた。そして、その『増補改訂』版が一九八四年に刊行されている（すでにこの「解説」の中で引用した本は、これである）。

同書は漱石が生まれてから亡くなるまでの日々の出来事を、綿密に記録した大変な労作である。この本を開くと、漱石がその日その日をどのように過したかが追跡できる凄い一冊なのである。おそらく、ここまで徹底的に――見方を換えればマニアックに――その一生が調べ上げられた人物は、古今東西を通し、まずはいないと思われる。

荒は最初の『漱石研究年表』を著した後も、空白となっていた日を埋め、記述があいまいな箇所の正確を期すため、新しい資料の渉猟、調査を怠らず、改訂作業をつづけていた。「學鐙」になされた報告は、その一例といえる。こうした漱石の生涯の足跡をたどる地道な努力の積み重ねが、文学史上類をみない大部な研究書を生んだのである。

ところで、漱石は留学中、どこの大学にも籍を置かなかった。当初、研究拠点の候補地として考えていたケンブリッジを訪れてはみたものの、経済的な理由や社交のわずらわしさなどから、当地に腰を落ちつける気にはならなかったという。結局、漱石は初めの一年ほど、シェイクスピア学者のクレイグのもとで個人授業を受けた以外は、ひたすら下宿に籠り、一人、購入した書物のノートづくりに専念するという日々を送った。

『文学論』の「序」にある「留学中に余が蒐めたるノートは蠅頭《ようとう》の細字にして五六寸の高さに達したり。余は此のノートを唯一の財産として帰朝したり」（『漱石全集』第一四巻、岩波書店）という本人の回想が、往時の様子を物語っている。

それにしても、せっかくイギリスに渡りながら、クレイグを除けば現地の研究者との交流をほとんどもたなかった漱石の留学生活はやや異例と思われる。それだけに、『永日小品』に収められた随筆「クレイグ先生」（『漱石全集』第一二巻、岩波書店）はロンドンで指導を受けた老学者を偲ぶ名作といえる。

なお、漱石のロンドン時代に関連して、川崎寿彦「ケンブリッジの英文学――漱石はなぜそこに行かなかったか」（一九八四年一一月号）には、結果として漱石が下宿に籠り、ノートづくりに明け暮れるようになったことの〝謎〟に光を当てる考察が試みられている。英文学の門外漢には意外と思われる事実が指摘され、謎解きを面白くしている。

大谷泰照「漱石のサイン」（一九八七年一二月号）には、ロンドン時代の漱石をめぐるもうひとつの謎解きが披露されている。

この「解説」（一）ですでに述べたように、漱石は一九〇一年八月三日、池田菊苗と連れ立ってカーライル博物館を見学していた。この日の訪問者署名簿には二人のサインが残されているが、小宮豊隆によると、そこに記された「K. Natsume」の筆跡は本人によるものではなく、池田が書いたものだというのである（荒正人、前掲書）。

これに対し、大谷は池田と漱石の字体の特徴を比較し、カーライル博物館に残されたサインは漱石自身のものだと結論づけている。果たして、その真相や如何にといったところであるが、ある意味こうした瑣末な点にまで関心をもたれ、論考が試みられることからも、漱石研究の幅の広さが見て取れる。

さて、同年八月三〇日、帰国の船に乗る池田を見送った後、漱石は寺田寅彦に送った手紙（九月一二日）にこう書いている。

「つい此間池田菊苗氏（化学者）が帰国した。同氏とは暫く倫敦で同居して居つた。色々話をしたが頗る立派な学者だ。化学者として同氏の造詣は僕には分らないが大なる頭の学者であるといふ事は慥かである。同氏は僕の友人の中で尊敬すべき人の一人と思ふ。君の事をよく話して置いたから暇があつたら是非訪問して話しをし給へ。君の専門上其他に大に利益がある事と信ずる」（『漱石全集』第二二巻、岩波書店）。

この手紙からも、漱石が池田に心酔し、多大な知的刺激を受けたことがうかがえる。特に、英文学研究に行き詰まりを感じていた漱石の関心が科学へ向かうきっかけをつくったのが、ロンドン時代の池田との邂逅であった。それが布石となり、帰国後、漱石は科学を意識しながら、『文学論』と『文学評論』に取り組むのである。

斉藤恵子「内と外からの夏目漱石」（一九八五年一〇月号）には、こうした漱石が池田から受けた影響に関する研究史がまとめられている。

加藤詔士「グラスゴウ大学日本語試験委員・夏目漱石（上）（中）（下）」（一九九二年三月号〜五月号）には、一九〇一年、漱石が日本領事館を通し、スコットランドのグラスゴー大学から日本語の試験委員を委嘱された経緯が詳述されている。この年、グラスゴー大学は創立四五〇周年を迎えており、その記念式典には池田の師である化学者の桜井錠二も参列している（因みに、漱石が熊本の第五高等学校在職中に留学を命ぜられたときの同校の校長は桜井錠二の兄、桜井房記である）。

では、なぜ、この伝統ある大学から漱石がこうした依頼を受けたのかというと、そのきっかけをつくったのは前年（一九〇〇年）にグラスゴー大学に留学していた福沢三八（福沢諭吉の三男）である。当時、グラスゴー大学では留学生に配慮して、入学後に課す資格試験の科目として、フランス語、ドイツ語、イタリア語が設けられていた。その中からひとつを選べるのである。しかし、日本語の試験はなかった。そこで、福沢三八は日本人留学生が不利にならぬよう、日本語も取り入れてほしいと大学に申し出たのである。

幸い、申し出は認められ、最初の試験委員として、漱石に白羽の矢が立てられたという次第である。

なお、漱石がどのような問題をつくったのかの記録は残されていないようであるが、試験を受けた福沢三八と鹿島龍蔵（鹿島建設の創業者一族）は無事、合格したそうである。

（五）漱石の俳句と漢詩

英文学者、作家としての顔の他に、漱石は親友、正岡子規の影響を受けた俳人でもあった。生涯に詠んだ句はわかっているだけでも二四〇〇を超え、その多作ぶりは一巻の書が編まれるほどである。それを反映し、門下生の三人、寺田寅彦、松根東洋城、小宮豊隆が師の作品を鑑賞、解釈した『漱石俳句研究』（岩波書店）という本まで出版されている。

半藤一利「漱石俳句をよみて候（上）」（一九九六年三月号）は、二つのユニークな視点から漱石の句を楽しく読み解いた一文である。

漱石は落語好きで、寄席通いをよくしていたことが知られている。そこから、落語の一席をヒントにして詠んだのではないかと推測される句が例示されている。もうひとつ、漱石の小説では、登場人物がうとうと眠くなり、横になる場面が随所に描かれている。また、小説の中だけでなく、実際、漱石自身もそうであった（こういう情景を思い浮かべると、『吾輩は猫である』の「苦沙弥」先生と漱石の姿が重なってくる）。そうした日常を映してか、居眠りをする様子をテーマにした句もまた多いと、半藤は指摘している。

小山慶太「科学徒然草（13）――漱石の俳句と寅彦の実験」（二〇一六年夏号）は、俳句を介した師弟の交流に触れた論考である。

漱石が句作にもっとも熱心であったのは熊本時代であるが、そのとき五高の化学室を題材にして、「化学とは花火を造る術ならん」という句をつくっている。寅彦五高在学中のときである。それから三〇年近くが経ち、漱石が没してからも一〇年余が過ぎたころ、寅彦は門下生の中谷宇吉郎（人工雪の研究で知られた物理学者）と一緒に、線香花火を使って火花が放散される現象を化学実験の俎上にのせ、師の俳句を科学の目で味わったのである。まさに文学と科学の融合を試みる異色の研究であった。

そこにも、漱石の面影を追いつづける寅彦の思いが見て取れる。

さて、幼少期より漢籍に親しみ、その方面の素養が深かった漱石は、二〇〇首を超える漢詩を残している。これもまた、相当の数といえる（中国文学の泰斗、吉川幸次郎が漱石の漢詩に注釈を施した『漱石詩注』岩波新書という名著がある）。

小島憲之「漱・鷗　並び立つ」（一九八六年四月号）は漱石が漢詩をつくるときに多用した詩語に注目し、その作風を森鷗外の漢詩と比較して考察している（因みに、鷗外も森林太郎の本名で一九〇二年、「學燈」に寄稿している）。

寅彦が「夏目先生の俳句と漢詩」の中で、作家になる前の漱石は創作に対する情熱の発露を、漢詩と俳句に求めていたと分析している。つまり、漱石の中に充満してきた創作意欲が漢詩と俳句という形式をとってマグマのように熱くなり、やがてそれがエネルギーを蓄めて爆発し、数々の名作が生まれたというわけである。寅彦が指摘する捉え方で漱石の漢詩と俳句を読んでみるのも、一興であろう。

(六) 『吾輩は猫である』

『吾輩は猫である』は前述したように、一九〇五年、漱石が専業作家になる前、東京大学で英文学を講じる傍ら、高浜虚子が主宰する雑誌「ホトトギス」に連載を始めた初期の作品である。

作風は諧謔の体裁をとってはいるものの、透徹したまなざしで人間の行動を観察する「猫」の口を突いて出る言葉はかなり辛辣で、皮肉に充ちている。その意味でこの作品はユーモア小説であると同時に、人間の愚かさ、滑稽さ、哀しさを鋭く突いた風刺小説になっている。

それにしても、並みの人間ではとうていかなわない「猫」の該博な知識には驚かされる(いったいどうやって、こんな物知りになったのであろうか)。人間の〝生態〟をみごとに分析する「猫」の眼力も、その様を要を得て簡潔に語る表現力も、豊富な知識に裏打ちされているのであろう。

「猫」の口からはプラトン、アイスキュロス、デカルト、ニュートン、ラファエロ、バルザック、ニーチェ……とまるで人名辞典を開いたかの如く、多彩なジャンルに及ぶ歴史上の人物がぽんぽん飛び出してくる。また、「猫」は人間世界の故事や諺にも精通しており、それらを自在に使って人間を揶揄するのであるから、まったく畏れ入る。

澁澤秀雄「猫の含蓄(1)」(一九五七年七月号)には、「猫」がひけらかす豆知識からいくつか亭」のペダンチックな言葉にも触れられている（ついでに、「猫」の飼主「苦沙弥」の家によく現われる「迷亭」のペダンチックな言葉にも触れられている）。全編を通しこれらを網羅したら、〝「猫」に学ぶ物知り辞典〟がつくれそうである。

さて、『吾輩は猫である』には、「猫」も一目置く「水島寒月」という若い物理学者が登場する。その寒月が苦沙弥、迷亭の前で、目下、研究中の「首縊りの力学」について、一くさり弁ずる場面がある。これはギリシアの叙事詩『オデュッセイア』にある一二人の侍女をいっぺんに絞首刑にするというなにやら物騒な話を、力学的に説明しようというものである。ただし、寒月の弁舌内容は小説に合わせて漱石が面白おかしくつくった創作ではなく、イギリスの科学雑誌「フィロソフィカル・マガジン」（一八六六年）に掲載された、S・ホウトン（ダブリンのトリニティ・カレッジ研究員）の「力学的および生理学的にみた首縊りについて」と題する論文が元ネタであることが知られている（なお、情報提供者は寺田寅彦である）。

これに関連し、興味深い考察が杉森久英「ロンドン先生」（一九八四年九月号）になされている。イギリスの作家チャールズ・リードの『修道院と炉辺』（一九〇〇年）という小説にも、複数の四人をまとめて絞首刑に処する場面があり、この本が「漱石山房蔵書目録」に載っているというのである。そこから、おそらく漱石はリードの小説を読んでおり、寒月の「首縊りの力学」の着想を得たのではないかと推論されている。

ところで、漱石の家には実際に猫が住みついていたが、熊本時代とロンドンから帰国した後、早稲田南町の家で、漱石は犬も飼っていた。「吾輩」は名前がなかったが、二匹目の犬は「ヘクトー」というギリシアの叙事詩『イリアス』の英雄の名がつけられていた。ヘクトーのことは『硝子戸の中』や息子の伸六が著した『父夏目漱石』（角川文庫）に綴られているが、それを読むと、漱石は愛犬家であったことがよくわかる。

宮本盛太郎「犬と猫――夏目漱石とウィリアム・ジェイムズ」（一九九四年九月号）は、漱石の作品を通して犬と猫がもつ象徴的な意味を読み解き、その象徴性から、留学を経験したイギリスを漱石はどのように見ていたかを論じている。

（七）漱石の気質

『漱石全集』（岩波書店）には三巻にわたり、二五〇〇通を超える漱石の書簡が収められている。ものすごい数である。

『全集』に載っているもっとも初期のものは一八八九年（明治二二）五月一三日、肺を患って療養中の正岡子規に送った励ましの手紙で、そこには「帰ろふと泣かずに笑へ時鳥《ほととぎす》」、「聞かふとて誰も待たぬに時鳥」の二句が添えられている（「時鳥」は喀血した子規を指している）。

一方、最後の一通は一九一六年（大正五）一一月一九日、俳人の大谷繞石《じょうせき》に宛てた贈答品の礼状である。この三日後、漱石は胃潰瘍を再発して病床に伏し、一二月九日、『明暗』を未完のまま、四九歳で亡くなっている。人生を閉じるぎりぎりのときまで、律義に手紙を認める心くばりをしていたことがわかる。

『全集』に収められた以外にも、当然、散佚したり未発見の書簡は相当数にのぼるであろうから、漱石が生涯に送った手紙、ハガキの類いはさらに膨大な量に達するものと思われる（つい最近も、一九一〇年一月一九日付と一九一二年一二月二四日付で親交の深かったジャーナリストの杉村楚人冠《そじんかん》に漱石が宛てた二通が、楚人冠の遺品から見つかったと報じられた。「東京新聞」二〇一六年八月三〇日朝刊）。

電話の普及率がまだ低く、ＦＡＸも携帯電話もＥ-メールもなかった時代のこと、現代に比べ、人々が生活の中で手紙に——しかも肉筆で——依存する度合ははるかに大きかったであろうが、中でも漱石は筆まめの性格だったようである。なお、漱石が自宅に電話を引いたのは一九一二年一二月であったことが、門下生の安倍能成宛の手紙から読み取れる。そこには「二三日前拙宅へ電話据付相済候。番号は番町四五六〇に候」と記されている（『漱石全集』第二四巻、岩波書店）。

さて、漱石は手紙好きであることを自らも認め、一九〇六年一月七日、森田草平にこう書いている。

「長い手紙を頂戴面白く拝見致しました。御世辞にも小生の書翰が君に多少の影響を与へたとあるのは嬉しい。夫程小生の愚存に重きを置かれるのは難有いと云ふ訳です。小生は人に手紙を書く事と人から手紙をもらふ事が大すきである。そこで又一本進呈します」（『漱石全集』第二二巻、岩波書店)。

こうした漱石の手紙好きのおかげで、我々は残された多くの私信を通し、小説、随筆、講演など初めから公表を意図したものとはまた別の書簡という、漱石のもうひとつのジャンルを楽しむことができるのである。

木下順二「漱石と龍之介の書簡」(一九八一年一一月号)は漱石と芥川龍之介の書簡集から、二人がそれぞれ新聞社に入社する際の条件を記した手紙(漱石は朝日新聞、龍之介は大阪毎日新聞)と、学生や後輩に送った手紙を選び出し、二人の相似性を論じている。「書簡集は時として、作品以上に面白い」という木下の読み方には共感を覚える。二七年に及ぶ二五〇〇通を超える手紙の集積は、漱石の生き方そのものを炙り出しているからである。

一九〇六年一〇月二二日、森田草平に宛てた手紙などはまさにその好例といえる。漱石はそこに、「百年の後、百の博士は土と化し、千の教授も泥と変ずべし。余は吾文を以て百代の後に伝へんと欲するの野心家なり」と書いている。漱石は地位や肩書きを有難がる風潮を嫌い、学者や芸術家の価値は生み出した作品によってのみ決まると森田に語っているわけである。そして、自分は百代の後にまで伝わる創作を物する野心をもっていると、強い気概を示している(実際、漱石の野心どおりになったことは没後一〇〇年の歴史が証明している)。

それから五年後の一九一一年、漱石は文部省から文学博士の学位授与の通知を受けたとき、同省の福原鐐二郎専門学務局長に宛て、博士号を辞退する旨、こう書き送っている(二月二一日)。

「小生は今日迄たゞの夏目なにがしとして世を渡つて参りましたし、是から先も矢張りたゞの夏目なにがしで暮したい希望を持つて居ります。従つて私は博士の学位を頂きたくないのであります」（『漱石全集』第二三巻、岩波書店）。

これまた、相当むきになったかなり直情的な文面ではあるが、森田に宣言したとおり、「士と化す博士」の称号なんぞに何の意味があるものかという思いが滲み出ている。御上の権威に対する漱石の反骨精神むき出しの手紙である。

こうして博士号辞退騒ぎが起きたとき、漱石は一高在学中に英語の授業を受けた旧師マードックから、カーライル、グラッドストーン（イギリスの政治家）、スペンサー（イギリスの哲学者）たちの先例を引用して、漱石の態度に喝采を送る手紙を受け取っている（「博士問題とマードック先生と余」）。

宮本盛太郎、関静雄「漱石の学位辞退と三人の英国人」（一九九三年一〇月号）には、マードックが漱石の〝仲間〟として漱石に教えた三人のイギリス人に関する学位辞退の真相の検証が試みられている。

それによると、スペンサーが辞退したのはセント・アンドルーズ大学の名誉博士号であり、他の二人には学位授与を断わったという確証は得られなかったという。ただし、グラッドストーンは爵位を、また、カーライルは勲章を受けなかったというから、その精神はいずれも漱石と通ずるものがあったのであろう。

さて、漱石が博士号辞退騒ぎを起こした一九一一年、学士院恩賜賞の制度が設けられ、第一回受賞者に天文学者の木村栄《ひさし》が選ばれた。地球の自転軸の変動に関する観測が国際的に高い評価を受けてのことであった。

このとき、漱石は木村の業績には敬意を払いつつも、こうした特定の学者だけにスポットライトを当てる褒賞制度の導入には強く反対している（「学者と名誉」）。さらに、この年、政府が文芸院を創設し、官選の文芸委員を任命しようとしたことに対しても、漱石は厳しい批判を展開している（「文芸委員は何をするか」）。

小山慶太「漱石と天文学者　木村栄」（一九八八年六月号）には、博士問題に端を発し、文芸院、学士院の動きにも敏感に反応し、明確に異を唱えた漱石の反骨精神が論じられている。

村上陽一郎「私と古典・私の古典」（二〇〇三年九月号）には、子供のころからの読書体験を通し、漱石の小説に登場する男たちの性格を一つ一つ自分の中に探し当て、また、漱石が描く女たちを現実の人物に重ねて見る習慣が出来てしまったという〝告白〟がなされている。まるで漱石に〝憑依〟されたかの如き話である。村上は漱石ともう一人、宮沢賢治の名前をあげ、「この二人によって自分は「造られた」という意識を、私は死ぬまで持ち続けるだろう」と述べているが、すぐれた文学作品にはこういう〝魔力〟が潜んでいるのである。

かくいう私もはるか昔の高校時代、『こゝろ』を読み耽るうち、いつの間にか作品の中に引き込まれ、語り手役の若者を相手に「先生」が吐く一言一言がまるで自分に向って説かれているような錯覚に陥ったことを、いまに記憶している。「先生」が若者に「恋は罪悪ですよ。解っていますか」と問いかける台詞などは、高校時代、恋の経験もなかった私には、ぐさりと胸に突きささる寸鉄に感じられた。こうした読書体験を重ねるうち、私も漱石文学の深みにはまってしまった。

そして、深みにはまった同類、同好の士が時代を超えて、いかに多いかは、「學鐙」の長い歴史の中で絶えることなく、これほど多彩なテーマの漱石論が著されつづけてきたことにも現れている。漱石ワールドの魅力はこれから百代の後も、色あせることはないであろう。

以上、便宜的に七つの項目に分けて解説を試みてきたが、それが本書を読む際の指針として役立てば幸いである。

最後に、漱石生誕一五〇年と「學鐙」創刊一二〇年が重なる年に、こうした記念の一冊を編む機会が得られたことは、漱石ファンの一人として、また、「學鐙」に長らく親しんできた者の一人として、大きな喜びであったことを申し添え、解説のまとめとさせていただきたい。

断り書き

一、再掲に際しては掲載当初の表記に従って組み直し、仮名遣い、字体についてもできるだけ掲載当初の通りとした。ただし、以下三点については加筆・修正した。

① 誤植と思われる場合は修正した。

② 難読と思われる漢字にはルビを振った。

③ 「學燈」と「學鐙」の使い分けについては下記「四」に則って一部修正した。

二、著者の名前および肩書きは、掲載当初の表記を踏襲したので、同一人物で表記が異なる場合がある。

三、「學鐙」には漱石に関連した記事が五〇ほどあるが、本書には二五編を掲載した。再掲の方針は以下の通り。

① 連載ものは原則として一つだけ選んで再掲した。

② 編者が現時点においても興味深いと思われるものを選んだ。

四、「學鐙」の表記など

小誌の創刊は一八九七年（明治三〇年）三月で、創刊当初は「學の燈」であった。一九〇二年（明治三五年）から「學燈」となり、一九〇三年（明治三六年）に「學鐙」と改めたが、その後長い間「學燈」と「學鐙」を混用し、さらに「がくとう」「ガクトウ」「GAKUTO」という表記を使用したことがある。「學鐙」が定着したのは一九四二年（昭和一七年）からである。本書での表記はそれに倣って、一部掲載当初の表記を修正した。

木村毅は「魯庵のつもりでは鐙は燈の古字であり、正字であるから、つまり変更したという気もちは全く無かったのだ」と『丸善百年史』に記している。魯庵は、小誌初代編集長・内田魯庵。

本文中に「ママ」とあるのは「學燈」ないし「學鐙」掲載時の表記の踏襲で、「（ママ）」と括弧を付したのは今回「學鐙編集室」が新たに加えた。

五、再掲にあたり著者ご本人あるいはご関係者に許諾を求めました。ご連絡先が分かった方々には再掲のご許可をいただきましたが、ご連絡先が分からない方々がいらっしゃいます。お心当たりの方は奥付記載の小社までご連絡くださいますようお願い申し上げます。

丸善出版株式会社　學鐙編集室

編著者
小山慶太(こやま・けいた)
1948年生まれ。早稲田大学教授。理学博士。専攻は科学史。
著書に『漱石，近代科学と出会う』(NHK出版)，『ノーベル賞でつかむ現代科学』(岩波ジュニア新書)，『入門現代物理学』『科学史人物事典』『寺田寅彦』『科学史年表』(以上、中公新書)，『光と電磁気』『光と重力』(以上，講談社ブルーバックス)，『ノーベル賞でたどる物理の歴史』(丸善出版)，『若き物理学徒たちのケンブリッジ』(新潮文庫)他多数。

漱石と「學鐙」

平成 29 年 1 月 25 日 発 行

編著者 小 山 慶 太

発行者 池 田 和 博

発行所 丸善出版株式会社
〒101-0051 東京都千代田区神田神保町二丁目17番
編集：電話(03)3512-3266／FAX(03)3512-3272
営業：電話(03)3512-3256／FAX(03)3512-3270
http://pub.maruzen.co.jp/

装丁・桂川 潤
組版印刷・製本／藤原印刷株式会社

ISBN 978-4-621-30120-3 C 0095 Printed in Japan